시소게임

시소게임

초판 1쇄 발행 | 2025년 4월 15일

지은이 | 박소해 · 김재희 · 한수옥 · 한새마
펴낸이 | 박영욱
펴낸곳 | 북오션

주　소 | 서울시 마포구 월드컵로 14길 62 북오션빌딩
이메일 | bookocean@naver.com
네이버블로그 | blog.naver.com/bookocean
페이스북 | facebook.com/bookocean.book
인스타그램1 | instagram.com/bookocean777
인스타그램2 | instagram.com/supr_lady_2008
X | x.com/b00k_0cean
틱톡 | www.tiktok.com/@book_ocean17
유튜브 | 쏠쏠TV · 쏠쏠라이프TV
전　화 | 편집문의: 02-325-9172　영업문의: 02-322-6709
팩　스 | 02-3143-3964

출판신고번호 | 제 2007-000197호

ISBN 978-89-6799-875-2 (03810)

*이 책은 (주)북오션이 저작권자와의 계약에 따라 발행한 것이므로 내용의 일부 또는 전부를
　이용하려면 반드시 북오션의 서면 동의를 받아야 합니다.
*책값은 뒤표지에 있습니다.
*잘못 만들어진 책은 구입하신 서점에서 교환해 드립니다.

사마귀, 여자 – 박소해   6

부부, 그 아름다운 세계 – 김재희   80

설계된 죽음 – 한수옥   144

시소게임 – 한새마   206

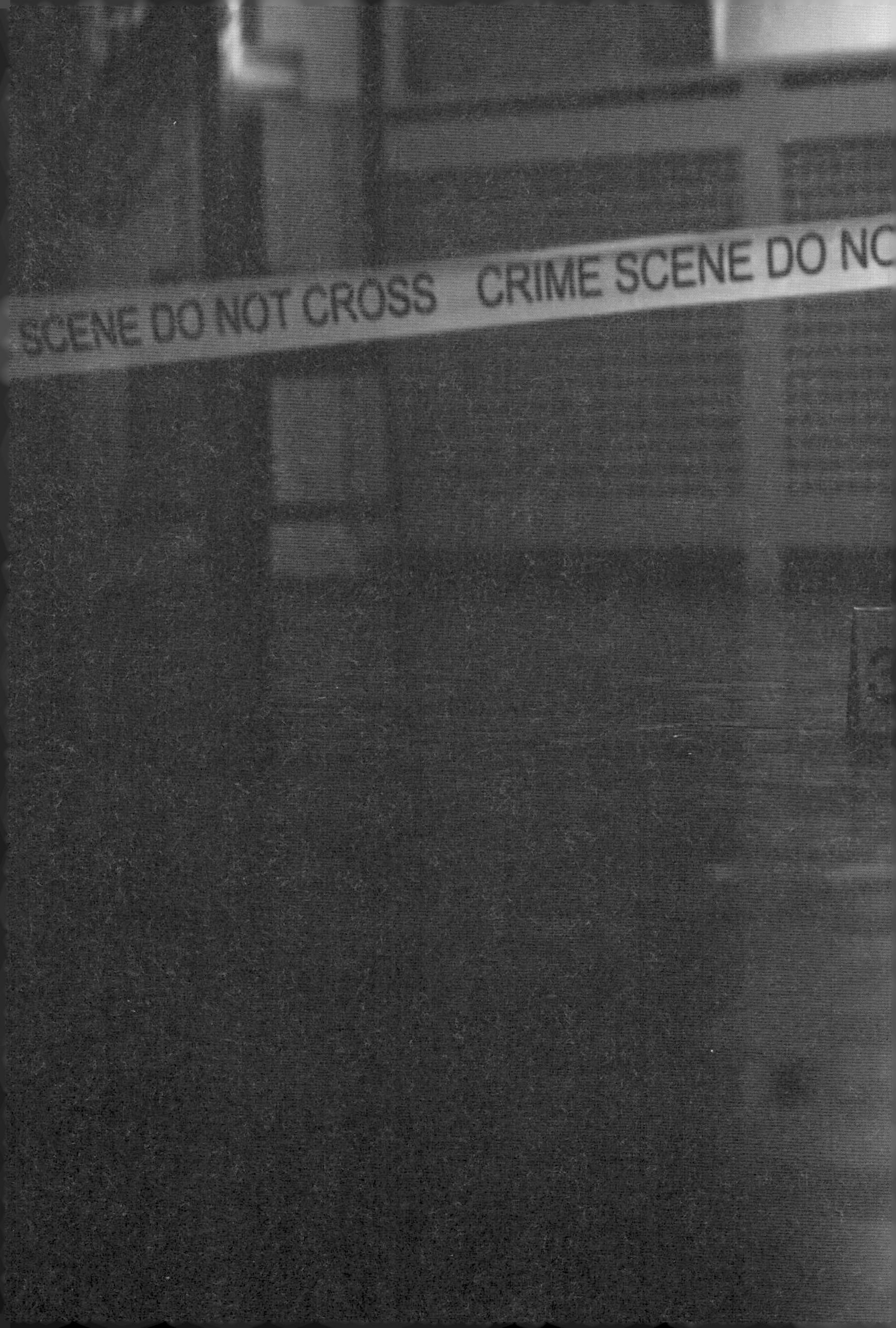
SCENE DO NOT CROSS
CRIME SCENE DO

사마귀, 여자

박소해

1

 화재경보가 고막을 찢었다. 칼 든 남자는 제복 경찰관들에게 붙잡힌 채 몸부림을 쳤다.
 "놔! 저 암캐 같은 년 죽여버릴 거야!"
 차민우는 귀를 막은 채 남자 뒤로 다가갔다. 손날로 남자의 손목을 쳐 칼을 떨어뜨리고 두 손에 수갑을 채웠다. 이런 놈은 감옥에서 똑같이 당해야 한다. 피칠갑이 된 남자는 경찰관에 끌려갔다.
 "차 형사, 우리도 내려가자. 아, 좀! 이제 경보음 중지시켜요."
 파트너 김만복 형사가 관리 사무실 직원에게 외쳤다. 십오 분 넘게 울리던 경보음이 그쳤다. 민우는 귀가 얼얼했다.
 칼에 찔린 여자는 피 웅덩이에 누워서 밭은 숨을 쉬었다.
 "119가 오고 있어요. 조금만 버티세요."
 민우는 주저앉아 여자 손을 잡았다. 차갑고 맥이 약했다. 여자는 입술을 힘겹게 달싹였다.

"우, 우리 애들은…."

"걱정 마세요. 여경이 데려갔습니다."

잠시 후 엘리베이터가 올라왔고 구급대원 두 명이 내렸다.

"형사님, 비키세요!"

구급대원들이 민우를 밀치고 여자에게 응급조치를 했다. 이동 침대가 엘리베이터에 실리자 민우는 한숨을 돌렸다. 이 사건으로 제때 퇴근하긴 글렀다. 쌍둥이를 밴 몸으로 혼자 자고 있는 아내가 걱정이었다.

영원아파트 103동 1104호. 상습적으로 가정폭력을 저지르는 의처증 남편 때문에 신고맞집이란 별명이 붙은 세대였다. 칼에 맞은 아내는 살기 위해 화재경보 버튼을 누르고 경보기 아래에 쓰러졌다.

'평소엔 주먹을 쓰더니 오늘은 왜 칼이었지?'

민우는 의문이 들었다.

두 형사는 아파트 1층으로 내려갔다. 한여름 새벽 세 시. 열대야라 얼굴에 땀이 줄줄 흘렀다. 플라타너스 아래 참매미 소리가 요란했다. 구경 나온 주민들이 경찰차 주변에 모여 있었다. 대부분 얇은 잠옷이나 반팔 티셔츠에 반바지 차림이었다. 화재경보 때문에 귀중품을 들고 나온 사람들이 많았다. 소란이 가라앉자 민우는 시선을 느꼈다.

누군가가 점멸하는 경광등 옆에 선 민우를 끈적하고 집요한 눈길로 바라보고 있었다. 후텁지근한 공기를 꿰뚫고 날아온 악의인지 호의인지 모를 낯선 이의 시선. 불쾌지수가 높은 날, 불쾌할 이유가 늘었다. 민우는 시선의 주인을 찾아 두리번거리다 눈길을 멈

췄다. 첫 줄 한가운데 키 큰 여자가 민우를 응시하고 있었다. 가로등 조명이 그 여자만 비추는 것 같았다. 긴 웨이브 머리를 왼쪽 어깨에 늘어뜨리고 순백의 레이스 네글리제 위에 얇은 베이지색 카디건을 걸치고 한 손에는 큐빅이 장식된 휴대전화를 들고 있었다. 여자는 눈으로 머리 끝부터 발 끝까지 민우를 훑었다. 그 눈길은 민우를 적극적으로 평가했다. 두 볼이 달아올랐다.

'뭐야, 저 여자.'

여자는 눈이 마주치자 당당하게 웃었다. 입가에 슬며시 걸린 미소는 민우를 응원하는 것 같기도 하고 조롱하는 것 같기도 했다.

* * *

경찰차에 타며 김 형사가 말했다.

"차 형사. 옆집 목격자 진술 좀 받아와. 피해자 출혈이 심해서 곧 살인사건이 될지도 몰라. 나 먼저 들어간다."

"넵, 선배."

민우는 걸음을 옮겼다. 여자의 시선이 계속 쫓아왔다.

사람들이 하나둘 집으로 돌아가기 시작했다. 103동 아파트 계단으로 줄줄이 주민들이 걸어 올라갔다.

"거, 혼자 자빠져 죽을 것이지, 화재경보는 왜 눌러가지고 사람들 다 깨워놔."

투덜대는 중년 남자의 목소리가 들렸다. 미간을 찌푸리고 민우는 여자가 있던 쪽을 봤다. 여자는 사라지고 없었다. 안도의 한숨을 쉬었다.

민우는 폴리스 라인이 쳐진 1104호 옆 1103호 현관문을 두들겼다. 조용했다. 인터폰을 여러 번 눌렀다. 대답이 없었다. 관리 사무실에서 받은 연락처로 전화를 걸어 몇 번 신호가 간 뒤에야 잠에 취한 목소리가 나왔다.

"여보세요."

"송채윤 씨? 저는 강명경찰서 강력 1팀 차민우 형사라고 합니다. 죄송하지만 옆집 가정폭력 사건에 대해 진술을 들을 수 있을까요?"

"죄송해요. 자느라 인터폰 못 들었어요. 근데 저 지금 혼자라…."

"오래 걸리진 않을 겁니다."

문이 안전 고리가 걸린 채 조금 열리더니 매끈한 흰 얼굴이 보였다.

"아, 형사님."

아까 그 여자였다. 민우는 얼굴이 굳어진 채 목례했다. 긴장이 되었다.

"그럼, 잠시 실례하겠습니다."

집은 생활 흔적이 전혀 느껴지지 않아서 모델하우스 같았다. 송채윤은 민우를 부엌 식탁 앞으로 안내했다. 네글리제 안으로 깊은 가슴골이 보였다. 민우는 눈을 내리깔았다. 김 선배와 같이 오자고 하는 건데. 채윤은 졸린 표정으로 아이스커피를 만들어 한 잔은 민우 앞에 한 잔은 자신 앞에 놓고 앉았다. 컵 안에서 얼음끼리 부딪혀 달그락거렸다.

"늦은 시간에 정말 죄송합니다."

채윤은 나른한 미소를 지었다.

"아까 옆집에서 나는 소리 들으셨나요?"

"아, 옆집. 모두 저 부부가 왜 이혼하지 않는지 모르겠다고 수군댔죠. 복도에 비명 소리가 울려 퍼졌을 때 깼어요. 그 집 남편이 욕설을 퍼붓는 소리를 들었고요. 그 뒤 요란한 화재경보음이 울렸죠. 정말 불난 줄 알고 뛰쳐나갔어요."

채윤은 말하면서 왼손 검지 손가락으로 곱슬머리를 감았다가 풀었다 하는 동작을 반복했다. 민우를 노골적으로 쳐다봤을 때부터 계속 거슬리는 여자였다. 마치 혀에 달라붙은 머리카락처럼 떼어내고 싶어도 떼어낼 수 없는.

"부부가 싸우는 소리는 전혀 못 들었고, 비명과 욕설 소리만 들었다는 말씀이죠. 혹시 시간대는 기억나십니까."

민우가 경찰수첩을 들고 묻자 채윤은 왼손에 얼굴을 괴더니 생각에 잠겼다. 몸을 움직이자 어깨에 걸쳤던 카디건이 흘러내려 네글리제 앞이 보였다. 두 유두가 마치 발사 직전의 미사일처럼 민우를 정면으로 조준했다. 민우는 불에 덴 것처럼 화들짝 눈을 떨궜다. 의도적이다. 이 여자는 일부러 나를 도발하고 있다. 채윤은 태연하게 카디건을 다시 걸치면서 대답했다.

"비명을 듣고 일어나서 부엌에서 물을 한 잔 마셨어요. 그때 휴대전화로 업무 이메일에 답장을 했으니까 그 시간대를 볼게요."

휴대전화를 열고 채윤이 중얼거렸다.

"새벽 두 시… 십오 분…."

"혹시 옆집 남자가 칼로 아내를 찌르는 걸 보셨습니까?"

"아뇨. 전 집 안에만 있었어요."

"감사합니다. 이만 가보겠습니다."

민우는 경찰수첩을 덮고 바지 주머니에 넣었다. 이 집에서 어서 벗어나고 싶었다.

그때 채윤이 들고 있던 머그컵이 넘어지면서 커피가 민우에게 튀었다. 민우는 황급히 조끼를 벗었다. 티셔츠도 바지도 모두 젖었다.

"제가 컵을…. 정말 죄송합니다. 아이스커피라 그나마 다행이네요."

채윤이 말했다. 얼굴을 붉힌 채 민우는 일어났다.

"괜찮습니다."

"형사님, 안 돼요. 제가 죄송해서 어떻게 그냥 보내요. 윗옷을 벗어서 주세요."

채윤은 가까이 다가와 민우의 어깨에 손을 얹었다. 지극히 자연스러운 동작이었다. 흔들림 없는 눈빛이 거절은 안 된다고 말하고 있었다. 보기 좋게 도톰한 입술은 살짝 벌어져 있었다. 귓불까지 빨개진 민우는 호흡이 거칠어졌다. 두 사람의 숨결이 공기 중에서 부딪혔다.

"손빨래해서 건조기에 돌리면 금방 말라요."

"아니요. 그렇게 폐를 끼칠 순 없습니다. 서에 가면 여벌 옷이 있습니다."

"폐라니요. 젖은 옷을 입고 운전하면 불쾌할 텐데요. 이 무덥고 습한 날씨에."

부드러운 강권이었다. 검고 또렷한 두 눈동자가 민우를 응시했다.

"아닙니다. 서에 복귀해야 합니다."

채윤은 아쉽다는 듯이 새끼 고양이처럼 작고 빨간 혀를 내밀어 아랫입술을 핥았다. 그 미묘한 혀의 움직임이 민우를 자극했다. 몸의 중심이 화끈거렸다. 뒤돌아서 서둘러 1103호를 빠져나왔다. 차까지 무슨 정신으로 왔는지 기억이 안 났다.

차 안에서 민우는 운전대에 손을 올려놓고 멍하니 앉아 있다가 커피 얼룩이 진하게 물든 티셔츠와 바지를 내려다보며 한숨을 쉬었다. 저 여자는 일부러 나를 향해 커피 잔을 엎었다. 자칫 넘어갈 뻔했다.

'바보. 등신.'

네 살 연상인 아내 서령이 임신한 후로 부부관계를 거의 하지 못했다. 그리고 여자는 매혹적이었다…. 아니, 이건 비겁한 변명이다. 곧 출산하는 아내를 두고 딴마음을 먹을 순 없다. 심장이 계속 두근거렸다.

휴대전화를 확인하니 서령이 건 부재 중 전화와 문자가 쌓여 있었다. 바로 전화했다. 서령은 새벽에 양쪽 종아리에 쥐가 심하게 났다고 말했다.

"혼자 주물렀지. 계속 쥐가 안 풀리던데."

힘없는 목소리였다. 민우는 스스로에게 화가 났다.

그때 무전기가 울렸다. 김 형사였다.

"1104호 피해자 오영지 사망. 목격자 진술조서 제출해."

2

1103호에서 도망치듯 빠져나오다 보니 목격자 진술조서가 충분하지 못했다. 가정폭력 사건이 살인사건으로 전환되면서 민우가 채워 넣어야 할 내용이 늘었다. 아침에 김 형사에게 꾸지람을 듣고 민우는 내키지 않았지만 채윤에게 전화했다.

"안녕하세요. 차 형사님?"

채윤은 웃으면서 전화를 받았다. 마치 다시 전화할 걸 알고 있었다는 듯이. 민우는 기분이 이상했다. 막상 여자의 목소리를 듣자 목 안이 간질간질한 느낌이었다.

"바쁘실 텐데 죄송합니다. 혹시 옆집 일을 전화로 더 여쭤볼 수 있을까요? 조서가 충분하지 못해서⋯."

"형사님. 오셔야 될 것 같은데요. 조끼를 벗어놓고 가셨어요⋯."

그제야 기억이 났다. 평소 경찰수첩과 펜을 꽂아두는 얇은 여름용 망사조끼였다. 그걸 두고 오다니.

"세탁해놨어요. 가지러 오시겠어요?"

"제가 지금 들르겠습니다. 그리고 추가 진술을 더 받을 수 있을까요?"

휴대전화 너머로 여자의 웃음소리가 들렸다.

"얼마든지요."

1103호 문은 반쯤 열려 있었다. 안에서 끈적거리는 쿠바 음악이 흘러나왔다. 민우도 자주 듣는 앨범으로 〈부에나비스타 소셜 클럽〉이었다. 에어컨을 켜놓고 여름 햇빛을 받으면서 채윤은 거실을 청소하고 있었다. 밀대로 바닥을 삭삭 미는 동작이 경쾌했다. 첫 인상과 달리 소박한 홈드레스를 입고 청소하는 그녀를 보자 민우는 긴장이 풀렸다. 옆집에서 칼부림 사건이 났지만 여자는 일상을 잘 살고 있었다.

"실례합니다."

민우가 말을 걸자 채윤은 활짝 미소를 지었다. 조서에는 사십대 초반이라고 되어 있었는데 민우 또래로 보였다. 저 윤기 나는 피부. 환한 웃음. 나이를 짐작할 수 없는 우아한 얼굴. 마침 거실을 방문한 햇살에 채윤의 머리칼은 역광을 받아 밝게 빛났다. 세탁한 조끼를 넣은 종이가방을 채윤이 내밀자 민우는 고개를 숙이며 받았다.

"고맙습니다. 추가 진술은….'

"이쪽으로 오세요, 형사님."

채윤이 민우에게 손짓했다. 거실 베란다에 있는 2인용 테이블에는 꽃차와 간단한 다과가 준비되어 있었다. 푸른 꽃잎이 떠 있는 찻잔에서는 독특한 향이 났다.

"아, 전 금방 들어가 봐야 해서 이대로 서서 진술을 듣겠습니다."

"힘들게 서서 물어보실 필요 있어요? 드셔보세요. 연잎차예요."

채윤은 벌써 의자에 앉았다. 민우도 할 수 없이 맞은편에 앉았다. 질문과 응답이 오가고 민우는 채윤의 답변을 꼼꼼하게 적었다. 민우가 경찰수첩을 덮자, 채윤은 양손에 얼굴을 올려놓고 그를 바라봤다. 쿠바 음악은 여전히 크게 들려오고 있었다.

"형사님, 죽은 이웃집 여자요. 장례식은 제대로 치러줬대요?"

"곧 장례식을 한다고 들었습니다. 부검도 끝났고."

"사람을 얼마나 미워하면 그렇게 칼로 난도질할 수 있을까요? 전 그게 궁금해요. 살인자 많이 만나봤어요, 형사님은?"

"글쎄요. 형사가 된 지 얼마 안 됐지만 이 점만큼은 분명하게 말씀드릴 수 있습니다. 모르면 모를수록 좋습니다. 어둠의 세계는."

당신 같은 미인은 빛의 세계에 머물러야 해. 민우는 생각했다. 진술은 끝났다. 그는 자리에서 일어나고 싶었지만 몸이 말을 듣지 않았다. 채윤의 눈빛이 그를 꽉 붙들고 놔주지 않았다. 이 여자는 이제 자신이 민우에게 관심이 있다는 사실을 숨기려고조차 하지 않았다. 아까부터 심장 박동이 거세지고 있었다. 민우는 늘 자신감이 부족한 편이었다. 밖으로 나도는 아버지를 원망하는 어머니 밑에서 외로운 어린 시절을 보냈다. 어머니는 자신과 남동생들을 방치했다. 민우는 스스로 자라야 했다. 그는 어머니에게는 남편이었고 동생들에게는 맏형이자 유사 아버지였다. 머리가 큰 이후 혼자서 살 길을 헤치며 지내왔다. 아내 서령은 그런 민우의 결핍을 잘 이해해준 여자였다. 그게 결혼까지 가게 된 이유였고.

하지만 이 여자는 달랐다.

이 여자는 민우를 이해하려고 하지 않았다. 그저 원했다. 마치 옷가게에서 가장 마음에 드는 옷을 열망하듯이 민우를 열망했다. 그 단순한 욕망이 민우를 완전히 헤집어놨다. 그를 집어삼킬 것 같은 눈길에 현기증이 날 것 같았다.

"차 형사님. 졸리세요?"

"아, 아닙니다. 이제 가봐야죠."

민우는 어지러움을 참으며 일어나다가 휘청거렸다. 다시 한 걸음을 더 내딛으려고 했지만 비틀거렸다. 왜 이러지?

"요즘 무리하셨나 봐요. 잠시 누웠다가 가세요."

채윤이 그의 손을 잡고 이끌더니 거실 소파에 뉘였다. 민우가 순순히 소파에 눕자 채윤은 걱정스러운 표정으로 앉아서 그를 내려다보았다. 긴 속눈썹이 차양처럼 두 눈을 덮었고 붉고 광택이 흐르는 입술 사이로 진주 같은 이가 살짝 보였다. 여자의 얼굴이 민우에게 가까이 다가왔다. 황홀할 정도로 아름다운 얼굴이다.

"형사님. 괜찮으세요?"

"몸이 이상해요. 열이 나고 머리가 어지럽고…."

"제가 약국에서 약을 사 올까요? 고열에 두통?"

채윤이 일어서자 민우는 팔을 뻗어 그녀의 손을 강하게 잡아챘다. 팔에 딸려온 채윤이 민우의 가슴에 주저앉은 꼴이 되었다.

"가지 마세요."

잠긴 목소리로 민우가 말했다. 이 여자가 없는 거실에 홀로 남겨지고 싶지 않았다. 하지만 그보다 더 원하는 것은….

이윽고 여자의 개구진 웃음소리가 거실에 울려 퍼졌다. 긴 머리

칼이 민우의 얼굴을 덮으며 커튼처럼 부드럽게 내려오고 작고 촉촉한 입술이 민우의 입술을 만났다. 기다렸던 순간이 왔다. 더는 도망가지 않겠어. 민우는 생각했다. 어제 채윤을 만난 순간부터 단 한 순간도 이 여자 생각을 멈출 수가 없었다. 격렬하게 키스하던 두 사람은 소파에서 떨어져 함께 바닥을 굴렀다. 입술과 이가 활약하는 시간이었다. 입술과 입술이 이와 이가 충돌했다. 몇 번인가 여자가 이를 세워 민우의 목을 물어뜯었다. 그가 고통으로 신음을 흘리자 여자는 만족스러운 듯이 기쁨의 숨을 토해냈다. 민우가 반격을 개시해 긴 팔 안에 여자를 가두고 한 손이 드레스 안으로 향할 무렵 휴대전화가 울렸다.

"민우? 뭐 해?"

"함 선배."

같은 강력 1팀 함이준 경위였다.

"어디야? 뭐 물어볼 게 있는데."

선배의 전화에 민우는 현실 세계로 돌아왔다. 채윤을 놔주었다. 민우에게서 벗어난 여자는 옷매무새를 가다듬고 찻잔과 다과 접시를 정리했다. 통화를 마치고 민우는 말했다.

"죄송하지만 가봐야겠습니다."

"……"

채윤의 달아오른 얼굴에는 분노가 스치고 지나갔다. 갑자기 민우에게 달려들더니 입술을 씹어 삼키듯 강렬한 키스를 했다. 민우가 가벼운 비명을 지르며 여자를 밀어냈다. 입술에서 피가 콸콸 나왔다. 이빨로 입술을 잡아 뜯다니 제정신이 아니다.

"이건 벌이에요."

채윤은 싱긋 웃었지만 눈은 전혀 웃고 있지 않았다. 민우는 어처구니가 없어서 입술에 손수건을 갖다 대고 채윤을 바라봤다. 피가 계속 흘러 손수건이 붉은색으로 변했다.

"그럼, 일하러 가봐요, 형사 아저씨."

채윤은 냉랭하게 뒤돌아서서 방으로 들어가버렸다. 문이 쾅 닫혔다.

조끼의 얼룩은 금방 지울 수 있지만 입술의 상처는 달랐다.

이건 낙인이었다.

3

　룸미러에 얼굴을 비쳐보니 가관이었다. 살점이 조금 떨어져 나갔는지 왼쪽 입술에서 계속 피가 흘렀고 쇄골 위에는 보라색 피멍이 들었다. 입술이 화끈거렸고 목이 쓰라렸지만 민우는 이상하게 가슴이 두근거려서 서에 도착하고도 잠시 운전대에 얼굴을 기댄 채 쉬었다. 심장이 빠르게 뛰었고 몸 안의 열기가 좀처럼 가라앉지 않았다.
　입술에는 큰 피딱지가 생겼다. 겨우 자리로 돌아와 서류작업을 하고 있는데 함이준 형사가 어깨를 툭 쳤다. 서에서 인정받는 영민한 형사로 평소 민우가 존경하고 따르는 선배였다. 민우가 형사가 된 건 그의 영향이 컸다.
　함 형사는 어두운 표정이었다.
　"김 형사가 어제 칼부림 사건, 살인사건으로 전환됐다고 하던데?"

"네. 선배. 옆집 목격자 진술조서 작성 중입니다. 곧 끝납니다."
'옆집'이란 단어를 꺼내는 순간 채윤이 떠올랐다.
"수고했어. 잠깐 커피 한 잔, 괜찮지?"
함 형사가 물었다. 둘은 자판기 커피를 뽑아 서 밖으로 나갔다.
"사랑하나?"
한 손에는 종이컵을 들고 다른 한 손에는 담배를 든 함 형사가 물었다. 갈색으로 탄 단정한 얼굴에 온화한 미소를 띤 채 민우를 보고 있었다.
"네?"
"아내를 사랑하냐고."
민우는 말문이 막혔다. 하필 아내 아닌 여자와 뒹군 직후에 이런 질문이라니. 목과 입술에 남아 있는 흔적을 보고 눈치라도 챈 걸까? 민우는 함 형사의 시선을 외면하고 고개를 떨군 채 말했다.
"당연히 사, 사랑하죠. 누구나 그렇듯이 결혼 생활에 힘든 점은 있지만…. 아내가 외동딸이라 장모님 간섭이 장난이 아닙니다. 낮엔 장모님이 거의 와 계세요."
"쌍둥이는 한 달 먼저 출산한다며."
"네. 37주를 만삭으로 본대요. 이제 두 달 남았나…."
"아내한테 잘해줘. 아이들 태어나면 잘 키우고. 이 나이에 독신인 난 민우 네가 부럽다."
"선배, 아직 한창이신데."
"부쩍 늦은 기분이야. 머리가 크기 전에 사랑하는 사람을 만났어야 했어. 누군가를 진심으로 믿는다는 게 점점 힘들어. 형사 일을 너무 오래 했나…."

함 형사는 손가락 사이에 담배를 끼우고 조용히 하늘을 바라봤다. 무거운 침묵. 담배가 줄어들어 꽁초가 될 때까지 아무 말이 없었다. 평소에는 활기차고 밝은 선배가 왜 저러지.

한참만에 함 형사가 말을 꺼냈다.

"일찍 가정을 꾸릴 걸 그랬어. 형사 노릇 한다고 범인 쫓아다니다 보니 이 나이네."

"대신 나쁜 놈들 많이 잡았잖아요. 선배는 제가 본받고 싶은 훌륭한 형사예요."

"자식. 입발림 소린 됐어."

함 형사는 고개를 절레절레 흔들었다.

"전에도 말했지만 민우 넌 머리가 좋고 남다른 관찰력이 있어. 좀 더 자신감을 가져도 돼. 앞으로 그 재능을 썩히지 마. 마무리 잘하고 퇴근해."

담배꽁초를 재떨이에 넣더니 함 형사는 자리를 떴다. 뒷모습이 외로워 보였다.

강력팀 사무실에 작년에 강명경찰서에 부임한 윤현호 서장이 불쑥 들어왔다. 강명구는 서울에서 세 번째로 큰 구이자 중국인 동네가 가까워 사건사고가 많은 구역이었다.

"여. 다들 잘하고 있나?"

윤 서장은 근무자들에게 일일이 인사를 던졌다. 은테 안경을 손가락으로 들어 올리면서 서장은 미소를 지었다. 이목구비가 또렷한 외모로 강명경찰서 안에서 별명이 냉미남이었다. 한여름에도 근무복 상의를 단정하게 입고 있었다. 그는 경찰대 출신으로 동기

중에서 가장 승진이 빠른 엘리트 간부였고 전임 경찰청장의 사위라 뒷배경도 좋았다. 이대로 승승장구하면 최연소 경찰청장에 오르는 것도 충분히 가능하다고 들었다. 그만큼 처세와 능력이 뛰어난 인물이었다. 완벽주의자 성향이라 수사반장이나 팀장들이 힘들어하는 상사였다.

"차 형사. 쌍둥이가 곧 태어난다면서."

서장이 민우에게 말을 걸었다. 창백하고 이지적인 얼굴이다. 경찰이 아니라 판사 같은.

"네. 서장님."

"함 형사가 차 형사가 훌륭한 형사라고 나한테 여러 번 칭찬했어. 강력계 모델로 소문났다면서?"

키가 큰 민우에게 동료들이 붙여준 별명이었다. 민우는 웃었다.

"쑥스럽네요. 많이 배우고 있습니다."

"앞으로 기대하겠네."

서장이 언론사 당직기자 몇 명과 잡담을 하면서 나갔다. 진술조서를 올리고 민우는 목을 뒤로 젖혔다. 긴 하루였다. 많은 일이 있었다. 서는 비교적 한산했다. 퇴근해서 어서 샤워하고 싶었다. 목덜미의 멍과 입술의 딱지를 어루만지니 채윤이 떠올랐다. 붉은 입술과 그 안에서 하얀 진주처럼 빛나던 이.

고요는 천둥 같은 소리에 깨졌다.

"탕! 탕!"

두 발의 총성. 살갗에 소름이 돋았다. 민우는 자리에서 일어나 복도로 뛰어나갔다. 남자 탈의실 쪽에서 피 냄새가 났다. 탈의실에 들어가니 누군가가 나무 벤치에 쓰러져 있었다. 함 형사였다. "함 선배!" 민우가 그를 부둥켜 안았지만 얼굴 표정은 이미 살아 있는 사람의 것이 아니었다. 머리가 피에 흠뻑 젖어 있었다. 관자놀이에 피가 꿀렁꿀렁 쏟아져 나오는 사입구가 보였다. 오른손에서는 권총이 굴러떨어졌다. 총신은 아직 뜨거웠다. "도와주세요. 누가 119를 불러요, 제발!" 민우가 울면서 부르짖자 사람들이 몰려왔다. 서장이 와이셔츠 차림으로 달려왔고 곧 다른 동료들도 합류했다. 민우는 서장이 외치는 소리를 들었다. "구급차 불러!"

강명경찰서에 충격파가 휘몰아쳤다. 수사반장이 서장에게 깨지고 기자들이 몰려들었다. 서가 도떼기시장이 되어버렸다. 강명경찰서에서 하필 탈의실에만 CCTV가 없었다. 최초 목격자인 민우는 눈물이 채 마르기도 전에 강력 2팀에 불려가 조사에 시달렸다. 민우의 손에 화약 탄흔이 전혀 남아 있지 않아서 곧 풀려날 수 있었다. 인정받던 동료가 갑자기 죽자 형사들은 신경이 극도로 날카로워졌다.

이 아우성 속에서 민우는 평소보다 늦게 아침 햇살을 맞으며 퇴근했다. 함 형사의 피가 묻은 티셔츠를 벗어 세탁기에 넣어 돌리고 깨끗한 면 티셔츠를 찾아 입었다. 비틀거리며 침대에서 자는 아내 옆에 쓰러졌다. 암막 커튼을 쳐 놔서 침실은 어두컴컴했다.

"씻고 오지."

감은 눈을 뜨지 않은 채로 서령이 중얼거렸다. 쌍둥이를 임신하면 배가 빨리 커진다. 서령은 이제 똑바로 누워 잘 수 없어서 옆으로 누운 채 전신 베개를 끌어안고 있었다.

"미안. 그럴 기운이 없어. 서에서 일어난 자체 사고 때문에 취조당했어."

"자체 사고?"

"우리 아기들 생각하면 말하지 않는 편이⋯."

"임신부가 궁금한 채로 있는 게 태교에 더 나빠. 말해."

"함이준 선배 알지? 함 선배가 갑자기 자살했어."

서령은 눈을 크게 떴다.

"탈의실에 사람이 없는 틈을 타서 혼자 총으로⋯."

"말도 안 돼. 함 형사님이? 당신이 제일 좋아하는 선배 아냐?"

"나한테 정말 잘해주셨지. 아직 실감이 안 나."

민우는 부은 두 눈가를 손가락으로 꾹 누르며 말했다. 하도 울어서 목이 반쯤 잠겼다.

"세상에⋯. 어떻게 그런 일이. 당신도 조사받았어?"

"어. 하필이면 내가 함 선배를 마지막으로 만난 사람이었고 자살 현장을 제일 먼저 목격했으니."

서령이 자신의 손가락을 민우의 손가락에 겹쳐 손깍지를 끼더니 손에 입맞춤을 했다. 눈에는 눈물이 글썽했다.

"여보. 친한 선배가 죽어서 충격 받은 상태에서 조사까지⋯. 정말 힘들었겠어. 입술은 왜 이래?"

"문에 부딪혔어."

이런 다정한 아내를 두고 낯선 여자와 뒹굴다니. 어제 일은 실수였다. 곧 쌍둥이가 태어난다. 난 그 여자에게 잠깐 홀린 거야. 그 여자 연락처는 지워버리자.

자연스럽게 민우가 서령의 목에 얼굴을 파묻었고 서령이 민우의 옷을 벗겼다. 두 사람은 오랜만에 몸을 섞었다. 민우는 임신부의 배가 눌리지 않게 아내를 자신의 허벅지 위로 올렸다. 아내의 부드러운 살이 그에게 평온을 주었다. 이제야 모든 것이 정상으로 돌아간 것 같아서 안심이 되었다. 마치 미지근한 코코아처럼 안온한 관계. 가쁜 숨소리를 내던 서령이 옆으로 뒹굴듯이 빠져나가고 두 사람은 도란도란 대화를 나누다가 눈을 감았다. 서령이 먼저 잠들었고 민우도 거의 잠에 빠졌을 무렵, 휴대전화에 빛이 들어왔다. 채윤이 보낸 문자였다.

[형사님, 입술에 연고 안 필요해요?]

뻔뻔한 여자. 거절해야 한다. 다시는 보지 말아야지. 아예 답도 하지 말자. 어둠 속에서 빛나는 휴대전화 화면을 노려보던 민우는 한참 망설이다가 손가락을 움직였다.

[직접 발라주기라도 할 건가요?]

[그래야죠.]

채윤이 연달아 문자를 보냈다.

[올래요?]

4

 야구 모자를 눌러쓴 민우는 계단으로 11층까지 올라갔다. 숨이 벅찼다. 현관문을 열어줄 때 채윤은 울고 있었다. 굵은 눈물방울이 뺨에 흘러내리고 있었다. 민우는 놀랐다. 채윤은 슬픔에 젖은 눈빛으로 민우를 쳐다보며 손을 잡았다.
 "실은… 어제 남편하고 심하게 싸웠어요. 화가 나서 집을 뛰쳐나왔어요."
 채윤이 남편과 사는 집은 다른 동네에 있고 여긴 '작업실'이라고 했다. 1103호에 세간살이가 적은 게 그제야 이해가 갔다.
 "민우 씨도 얼굴 표정이 안 좋네요. 눈이 많이 부었어요."
 "사실은 저도… 어제 친했던 선배가 갑자기 돌아가셔서 힘드네요. 제가 형사 일에 적응할 수 있게 도와준 선배였는데."
 민우가 말했다. 채윤은 울면서 한 손으로 민우의 뺨을 어루만졌다. 그 다정한 손길에 민우는 위로 받는 기분이 들었다. 채윤은 그의 손을 잡고 침실로 이끌었다.

"오늘, 색다른 걸 해보지 않을래요?"

채윤이 서랍에서 보드라운 검은 벨벳 천을 꺼냈다. 민우의 두 눈을 천으로 가리더니 뒤로 팽팽하게 당겨 묶었다. 시각이 가로막히자 채윤의 목소리와 손길이 더 황홀하게 느껴졌다. 채윤이 손가락으로 민우의 몸을 부드럽게 훑었다. 풍기는 채취가 향긋했다.

"좋은 냄새네요. 무슨 향수예요?"

"일랑일랑이에요. 동남아에 여행 갔다가 사 온…."

채윤은 민우의 옷을 벗기고 애무하다가 그를 침대에 쓰러트리더니 끈을 가져와 두 팔을 묶었다.

"거칠게 해본 적 있어요?"

단단하게 두 손을 결박하면서 민우의 귀에 대고 채윤이 속삭였다. 고개를 저으면서 민우는 몸을 조금 떨었다. 서령은 매사에 보수적인 편이었고 민우는 그런 아내를 존중했다. 민우와 서령은 안전한 관계만 맺어왔다. 예고 없이 채윤이 거의 아물어가고 있는 입술 피딱지를 물어뜯었다. 외마디 비명을 지르며 민우가 고개를 돌리자 입술에서 피가 흘렀다. 입안에 쇠맛이 느껴졌다.

"아, 아파요."

"형사님, 상처가 아물면 날 잊어버릴 거잖아."

"안 그럴… 아, 진짜로 아픕니다."

"아프지만 좋죠? 좋다고 말해봐요. 싫다고 하면 지금 바로 눈가리개와 손을 풀어주고 이대로 바이바이하면 돼. 이런 플레이는 상호합의가 필수적이에요."

심장이 동요하고 있었다. 민우는 잠시 침묵했다가 고개를 끄덕였다. 이대로 무정하게 몸만 섞자. 함 선배의 피투성이 얼굴이 자꾸 생각났다. 그는 더 이상 아무것도 생각하고 싶지 않았다. 지우개로 내 머릿속을 지워줘. 나를 산산조각 내줘.

"앞으로 쓸 세이프 워드, 뭘로 할래요?"

채윤이 민우의 귀를 씹더니 다정하게 말했다. 서늘하고 딱딱한 가죽 같은 것이 민우의 피부를 지그시 눌렀다. 그는 다른 사람이 내는 소리인 양 자신의 신음을 무심히 듣고 있었다.

금세 출근할 시간이 다가왔다. 처음 해보는 SM 플레이는 만족스러웠다. 민우가 섭에 재능이 있다고 채윤이 말해줬다. 눈가리개와 끈을 풀고 두 사람은 뜨거운 시간을 보냈다. 욕망이 달래지자 민우는 다시 현실로 돌아왔다. 서령이 싸준 과일 도시락이 차 조수석에 있었다. 상냥한 아내가 있는데도 난 왜 여기에 와 있는 걸까. 민우는 곁에 잠든 채윤의 머리카락을 쓰다듬었다. 왜 나는 이 여자에게 단호하게 안 된다고 말하지 못했을까.

거절을 못 하는 우유부단한 성격은 어려서부터 문제였다.

"야, 너 서령 누나한테 찍혔대."

친구가 웃으면서 말했을 때 민우는 불안과 기쁨을 동시에 느꼈다. 서령은 민우가 다니던 아웃도어 스포츠 동호회의 오비 멤버였다. 훤칠한 키에 귀여운 얼굴의 민우는 동호회에서 인기가 좋았다. 그 동호회에는 이삼십 대 젊은이가 많아서 연애가 활발하게 이뤄졌다. 민우는 서령이 여러 남자와 사귀는 과정을 고스란히 지켜봤다. 서령은 민우 여친이 바뀔 때마다 연애상담을 해줬다. 몇 년 동안 두 사람은 각자 다른 상대를 사귀면서 서로를 곁눈질했다.

서령은 초등학교부터 고등학교까지 투기종목 선수였다. 전국체전에서 22위까지 하고 미련 없이 그만뒀다고 했다. 수수한 외모라 눈에 띄는 스타일은 아니었다. 대신 내면이 차분하고 단단한 여자였다. 숫기가 없고 자신감이 부족한 민우는 서령 곁에 있으면 마음이 안정되었다. 서령은 동호회에서 다섯 명의 남자와 교제하고 모두 차버린 후 마지막으로 민우에게 사귀자고 했다. 민우는 서령에게 일주일만 시간을 달라고 부탁했다. 그 시간 동안 주변을 맴돌던 여자들을 다 정리했다.
    두 사람이 일 년 정도 사귄 후 결혼 이야기가 나왔다. 민우는 걱정이 많았다.
    "네 부모님은 나 같은 형사보다는 더 좋은 혼처를 원하실 텐데."
    "괜찮아. 내가 다 알아서 할게."
    서령은 살짝 웃었다. 부유한 서령의 부모는 딸이 좋다면 민우를 환영한다고 했다. 결혼 선물로 서울 안에 아파트를 사주었다. 장모가 외동딸에게 엄청나게 집착하는 타입이라는 점만 제외하면 결혼 생활은 괜찮았다. 서령이 바로 임신하길 원해서 비번일 때마다 같이 난임병원에 다녔다. 인공수정을 몇 차례 한 끝에 쌍둥이가 생겼다.
    서령은 민우의 불안감을 다독여줬고, 민우는 서령의 자존감을 세워줬다. 이 결혼은 두 사람 모두 손해 보지 않는 등가교환이었다.
    그래서 민우는 채윤에게 끌렸는지도 모른다. 등가교환만으로는 부족했다. 채윤처럼 선을 넘는 여자, 자신을 욕망하는 여자가 필요했다. 이건 자기 합리화가 아니다. 잠에서 깬 채윤이 눈을 뜨고 민우를 응시했다. 긴 속눈썹 끝에 눈물이 한 방울 매달려 있었다. 두 사람은 부은 눈으로 서로를 보며 웃다가 키스했다.

"함이준 형사가 그래서 자살한 거였어?"
"자존심이 센 사람다운 선택이지."
"그만둬. 더 말하면 사자명예훼손이야."
"쉿, 저기 차 형사 온다. 둘이 아주 친했잖아. 조용히 해."
다음 날, 민우는 자신의 뒤에서 떠드는 소리를 들었다. 서 분위기는 뒤숭숭했다. 누군가가 감찰반에 함 형사가 유부녀와 불륜을 저질렀다는 투서를 보냈다고 했다. 조사를 받은 직후에 자살했다는 이야기였다. 그가 자살한 뒤 감찰은 없던 일이 됐다.
"아내한테 잘해. 애들 잘 키우고."
함 선배와 나눴던 마지막 대화가 생각났다. 그 말이 유언이었나. 짧아진 담배꽁초를 손가락에 끼운 채 조용히 허공을 바라보던 모습이 떠올랐다. 그 성실한 함 선배가 상간남이라고? 혼란스러웠다. 하긴 며칠 전까지만 해도 자신이 아내가 아닌 다른 여자와 바람을 피울 줄은 상상도 하지 못했다. 민우는 서령을 진심으로 사랑했다. 아니, 사랑한다고 믿었다. 서령이 사귀자고 말했을 때 내심 기뻤다. 조건이 좋았던 다른 남자들을 마다하고 자신을 선택했다는 사실이 뿌듯했다. 이렇게 아내만 생각하던 시절이 있었는데….
휴대전화에서 진동음이 울렸다. 채윤이 보낸 문자였다.

[어제 민우 씨 덕분에 힘들었던 마음이 진정이 됐어. 고마워.]

[나도. 앞으로도 내가 필요하면 말만 해.]

* * *

함 형사 사건은 자살로 종결이 났다. 민우는 일에 집중이 되지 않았다. 정신 없는 며칠을 보낸 후 경찰신분증이 없어진 걸 발견하고 재발급을 신청했다.

경찰병원에서 함 선배의 장례식이 열렸다. 민우는 서령에게 양해를 구하고 삼 일 내내 장례식장에 갔다. 근무 시간이 빌 때마다 달려가 조의금 받는 일이라도 도왔다. 자신을 아껴줬던 함 형사에게 마지막 성의를 다하고 싶었다.

서장은 발인 전날에 간부들과 함께 왔다. 침통한 표정으로 유족을 위로하고 돌아갔다. 발인식에는 강명경찰서 경찰들이 정복을 입고 참석했다. 민우도 오랜만에 정복을 갖춰 입고 동료들과 함께 함 형사의 관을 들었다. 함 형사는 아직 미혼이라 유족이 부모님과 남동생뿐이었다. 남동생이 영정 사진을 들었고 노부모가 통곡을 하면서 따라갔다.

관을 리무진에 안치하고 민우는 숨을 돌릴 겸 잠시 장례식장 옆 편의점에 들렀다. 비타민 음료를 들이마시고 푸른 하늘을 쳐다봤다. 무덥고 맑은 날이었다.

'함 선배. 날씨가 좋은 날 소풍을 떠나시네요. 잘 가세요.'

뒤에서 계절에 어울리지 않게 온몸을 가린 검은 드레스를 입은 여자가 민우를 지나가자 일랑일랑 향기가 느껴졌다. 큰 선글라스로 얼굴을 가렸지만 민우는 바로 알았다.

채윤이 왜 여기에?

어리둥절했다. 아니다. 그저 채윤을 닮은 여자일 수도 있다. 더 생각할 여유는 없었다. 장례지도사가 화장터로 출발한다고 외쳐서 민우는 서둘러 버스에 올라탔다.

5

그 여자가 채윤이었을까? 민우는 계속 생각했다. 우연히 지인 장례식에 왔는데 마주친 걸까. 채윤과 침대에 누워 있을 때 민우가 입을 열었다.

"주말에 선배 장례식에 갔었는데. 혹시 채윤 씨 거기 갔었어?"
"아니."
"발인식에서 채윤 씨를 본 것 같아서."
"나 마감이었어. 꼼짝없이 작업실에서 번역만 했다고."

채윤은 고개를 절레절레 흔들며 민우를 껴안았다. 민우는 더 이상 캐묻지 않았다. 아니겠지. 일랑일랑을 쓰는 여자는 채윤 말고도 많다.

채윤과의 밀회는 일상이 되었다. 작업실은 볕이 잘 드는 남향집이었다. 채윤은 일서 번역 일을 했는데 24시간 카페에서 밤 늦게

까지 일하는 걸 싫어한 남편이 부동산 투자 겸 이 오래된 복도식 아파트를 사줬다고 했다.

"남편이 자상하네."

"내 침대에서 남편 이야기는 하지 마. 이 작업실 덕분에 우리가 만날 수 있지만."

채윤이 민우의 벗은 가슴에 손가락을 튕기면서 핀잔을 줬다.

민우는 이제 채윤에게로 온통 마음이 쏠리고 있었다. 서령에게 들킬까 봐 채윤의 번호는 엉뚱한 이름으로 저장해놨다. '최 형사'. 혹시 서령이 물어보면 새로 온 형사라고 둘러댈 참이었다. 주로 출근 전이나 퇴근 후에 짬을 만들어 채윤의 작업실에 갔다. 서령에게 하는 거짓말이 점점 늘어갔다.

"요즘 출근을 빨리 하네?"

서령이 무덤덤한 얼굴로 물었다. 임신 말기로 향하는 서령은 몸이 힘들다며 누워 있는 시간이 늘어났다.

"밀린 일이 많아."

거짓말은 일종의 기술이어서 하면 할수록 늘었다. 채윤과 나눈 문자와 통화기록은 집에 도착하기 전에 모조리 지웠다.

채윤을 만난 지 두 달이 지났다. 계절은 여름을 지나 가을이 되었고 서령의 배는 더 커졌다. 민우는 여전히 매주 두세 번은 채윤을 만났다. 민우는 곤란할 정도로 매달려오는 이 여자가 사랑스러웠다. 침대에서 채윤은 민우의 얼굴 구석구석에 입맞춤을 하곤 했다. 때로는 말없이 민우의 눈을 한참 동안이나 들여다보았다. 무엇인가를 애타게 찾는 눈빛이었다. 그 갈망하는 시선에 얼굴이 녹아버릴 것만 같았다.

"내가 그렇게 좋아?"

민우가 물어보면 채윤은 가만히 웃기만 했다.

[오늘도 올 수 있어? 항상 민우 씨 생각만 해.]

[나도 항상 채윤 씨 생각해. 조금 이따가 갈게.]

채윤의 문자에 답하고 출근을 서두르려 하자 서령이 말했다.

"여보. 쌍둥이가 언제 나올지 몰라. 전화하면 꼭 받아."

요즘 서령은 짜증이 늘었다. 몸이 무거워져서 그렇겠지. 민우는 대수롭지 않게 넘겼다.

"곧 37주지. 낳고 나면 키우느라 더 힘들대. 조금만 견뎌, 여보."

"지금 당장 낳고 싶어."

"때 되면 나오겠지."

민우는 서령의 볼에 키스했다.

"당신이 내 상황이면 여유를 못 부릴걸. 마음의 준비 단단히 해놔. 출산가방은 차 트렁크에 실어놨어."

서령이 냉담하게 말했다. 민우는 초조한 마음으로 채윤의 작업실에 갔다. 그날은 채윤과 침대에서 뒹굴면서도 집중이 되지 않았다.

"민우 씨. 오늘 왜 이래?"

"그냥. 집안에 일이 좀."

그때 휴대전화가 요란하게 울렸다. 아내 번호인데 목소리는 젊은 남자였다.

"차민우 씨 되십니까?"

"네. 그런데요."

"119 구급대원입니다. 아내분이 양수가 터져서 진통을 시작했는데 쌍둥이라 혼자 병원에 갈 자신이 없다고 하셔서 저희가 출동했습니다. 아내분을 구급차에 모시고 병원으로 가는 길입니다."

"어느 병원이죠?"

"원래 다니던 대학병원으로 가고 있습니다."

채윤이 걱정스레 쳐다봤지만 민우는 겉옷을 손에 들고 뛰쳐나갔다.

담당의는 양수가 터졌는데 자궁문이 열릴 기미가 보이지 않는다며 지체 없이 수술을 결정했다. 양수가 줄어들면 쌍둥이가 위험해진다고 했다. 민우가 수술 동의서에 서명했고 서령은 곧바로 수술실로 들어갔다. 민우는 수술실 안으로 들어가 쌍둥이가 태어나는 순간을 고스란히 휴대전화 동영상으로 촬영했다. 여자아이가 먼저였고 몇 분 후 남자아이가 나왔다. 서령은 마취가 풀리자 눈을 감았다 떴다 하더니 의식을 천천히 회복했다. 민우는 서령의 차가운 손을 잡았다. 눈물이 나올 것만 같았다.

"여보. 수고했어."

"아기들은 다 건강해?"

서령은 지치고 부어오른 얼굴로 물었다.

"방금 보고 왔어. 천사같이 예쁜 아이들이야."

쌍둥이는 인큐베이터에 며칠 머물렀지만 금방 퇴원했다. 서령과 민우와 쌍둥이는 장모님이 예약한 최고급 산후조리원에 입성했다. 조리원에는 윤 서장과 경찰서 동료들이 보내준 과일 바구니가 먼저 도착해 있었다. 아내와 갓 태어난 아기들과 시간을 보내는 동안 민우는 아빠라는 새로운 역할에 잘 적응했다. 여자애는 핑크색, 남자애는 파란색 배냇저고리를 입혔다. 민우는 쌍둥이 이름을 지현이, 지승이라고 지었다. 아기들은 민우를 더 같이 닮았다. 그 점에 서령은 무척 만족하는 듯했다.

"잘생긴 당신 닮는 게 나아."

"내 눈엔 당신 닮아서 예쁜 것 같은데."

민우는 말했다. 애정을 담아서.

* * *

한 달이 지나 사진 스튜디오에서 쌍둥이 삼십 일 기념 사진을 찍고 있는데 채윤의 문자가 왔다.

[민우 씨 그립다.]

[나도 채윤 씨 보고 싶어.]

[그럼 와. 내일 어때?]

[내일. 출근 전에 갈게.]

서령은 쌍둥이를 데리고 사진작가와 다음 촬영 상담을 하고 있었다. 아내 눈앞에서 한 달 만에 밀회를 약속하고 민우는 가책과 흥분을 동시에 느꼈다. 서령은 상담을 마친 후 휴대전화를 확인하더니 차가운 표정을 지었다.
"여보. 누가 안 좋은 소식이라도 전했어?"
"아니. 아무것도 아니야. 당신은 알 것 없어."
서령은 뒤돌아서 주차장으로 걸어가 버렸다. 민우가 쌍둥이를 유모차에 태우고 아내를 쫓아갔다. 머릿속엔 내일 만날 채윤 생각뿐이었다. 두 여자 사이에서 흔들리고 있는 자신이 한심했지만 지금은 어쩔 수가 없었다. 아내에게서도 채윤에게서도 벗어날 수 없었다.

현관문이 열리자 채윤이 민우에게 달려들었다. 민우가 채윤을 번쩍 안아들고 한 바퀴 돌았다. 한 달 동안의 금욕은 더 큰 열정을 불러왔다. 두 사람이 킥킥거리며 침대에서 뒹굴고 있었는데 인터폰 소리가 울렸다. 민우가 벌떡 일어났다.
"누구야. 이 시간에?"
"택배는 보통 그냥 놓고 가는데. 내가 누군지 보고 올게."
오 분 후 돌아온 채윤은 다급하게 민우에게 속삭였다.
"민우 씨. 어떡하지. 남편이야. 원래 좀처럼 작업실에 오지 않는데…. 오늘따라 갑자기 왔어. 내가 삼십 분 안에 무슨 수를 써서라도 돌려보낼게. 베란다에 가 있으면 안 돼?"
"뭐? 베란다에? 이 꼴로?"
민우는 트렁크 팬티 하나만 입고 있었다.

"쉿. 자기 신발은 신발장에 숨겼어. 삼십 분이 지나도 내가 부르지 않거든 그냥 들어와."

채윤이 민우를 침실 베란다로 데려갔다. 커튼을 옆으로 밀고 이중창을 여니 베란다 바로 옆에 에어컨 실외기가 있었다.

"베란다에 서 있으면 커텐에 사람 그림자가 비쳐서 안 돼. 다 보일 거야. 정말 미안하지만 외벽 실외기에 올라가 있으면 안 될까?"

"뭐? 여기 11층인 거 알지?"

민우는 밑을 잠깐 내려다본 것만으로 없던 고소공포증이 생길 지경이었다. 채윤은 울 것 같은 표정을 짓고 있는 민우에게 키스했다.

"사랑해. 우리를 위해서. 조금만 기다려줘."

"알았어."

민우는 할 수 없이 베란다로 나가 실외기 위로 올라섰다. 입가에 야릇한 미소를 띠고 민우를 지켜보던 채윤은 베란다 창문을 닫았다.

6

 자기는 거절을 못 해서 문제야. 서령이 말하곤 했다. 민우가 거절을 잘했다면 팬티 차림으로 아파트 11층 에어컨 실외기 위에 서 있는 일은 없었을까? 찬 바람에 기침이 나오려고 했다. 손으로 코와 입을 틀어막았다. 재채기를 했다가는 균형을 잃는다. 정신 차려. 푸드득. 멧비둘기가 위층 실외기에 내려 앉았다. 회색빛 꽁지가 움직였고 비둘기 똥이 떨어졌다. 몸을 벽으로 붙여 얼굴에 묻지 않았지만 하마터면 추락할 뻔했다. 휘청이던 몸을 진정시키고 쪼그려 앉았다. 휴대전화를 봤다. 몇 분만 더 기다리면 된다. 단 몇 분만. 비둘기 눈과 마주쳤다. 붉은 눈 한가운데 검은 홍채가 또렷했다. 그 작고 검은 점을 노려보면서 민우는 그저 기다렸다.

 민우는 채윤과 약속했던 삼십 분이 지나자 실외기에서 내려왔다. 베란다 이중창을 열고 침실로 들어갔다. "이제 들어가도 돼지?" 작게 말했다. 대답은 없었다. 채윤은 그새 잠이 들었는지 등을 돌리고 침대에 누워 있었다.

"채윤 씨. 남편은 갔어?"

민우가 말을 걸며 채윤을 부드럽게 흔들었다. 채윤은 민우가 흔드는 대로 흔들렸다. 느낌이 이상했다. 채윤을 돌려 뉘었다.

피. 온통 피였다.

가슴이 칼로 난자되어 있었다. 흘러나오는 피로 시트와 이불이 흥건하게 젖어 있었다.

민우는 황급히 채윤의 심음과 맥박을 체크했다. 아무 박동이 없었다. 몸은 아직 따뜻했다. 119를 불러야 하나. 가슴에 자상이 있으니 CPR은 안 된다. 다시 호흡을 확인하고 맥박을 재보고 확신했다. 채윤은 죽었다. 홍채는 흐릿해져 있었다. 항상 인형의 유리구슬 눈처럼 또렷했던 두 눈은 총기를 잃었다.

민우는 바닥에 주저앉았다. 채윤의 피가 묻은 양손으로 얼굴을 부여잡았다. 한참 울었다. 영원같이 느껴지는 순간이었다. 시간이 얼마나 흘렀지? 시계를 봤다. 십 분. 불과 십 분이 지났다.

민우가 뜨겁게 사랑했던 여자는 죽었다. 살해당했다. 틀림없이 남편의 짓이다. 채윤의 남편은 갑자기 작업실에 왔다가 아내를 난도질하고 사라졌다. 아내가 바람을 피운다는 걸 눈치채고 죽인 게 틀림없다. 남편의 칼부림에 죽어가던 옆집 1104호 여자가 떠올랐다.

생각을 하자. 머리야 돌아가라. 자, 남편이 제일 먼저 의심을 받는다고 해도 내 흔적을 없애야 나중에 받을 혐의에서 벗어날 수 있다. 경찰 신분으로 살인 현장에 얽혀서 좋을 것은 없다. 불륜을 들켜서 서령에게 이혼당하는 건 말할 것도 없고.
번개같이 생각이 떠올랐다. 그래, 강도. 강도 살인으로 위장하자.
채윤의 남편은 의도적으로 채윤만 죽이고 나갔을지도 모른다. 바로 민우를, 정체불명의 상간남을 살인 용의자로 만들기 위해. 그렇다면 이곳에서 민우의 지문 그리고 체액을 전부 닦아내야 한다. 민우가 범인으로 의심받을 수 있는 모든 유전자 흔적을 지우고 강도가 채윤을 살해한 것처럼 현장을 꾸미자.

민우는 스스로에게 되뇌었다.
넌 경찰이야. 범인이 아니라 경찰의 입장에서 생각하자. 사건 현장에서 뭐가 제일 중요하지?
"제일 먼저 외부 침입 여부를 살펴야지."
함 선배의 목소리가 들리는 것 같았다.
'남편이라고 했으니까, 당연히 채윤이 문을 열어줬겠지. 현관문은 깨끗할 거야. 외부침입 흔적은 없을 거고. 그럼 나는 키패드를 부숴야겠지. 그 다음으로 중요한 건……?'
민우는 몇 달 전 살인현장에 나갔을 때 함 선배와 나눴던 대화를 떠올렸다.

"차 형사. 재미있는 이야기 해줄까? 우리가 DNA를 제일 많이 찾아내는 부위가 신체 중 어디일 거 같아?"
함 형사가 물었다.

"당연히 성기겠죠?"

민우가 말했다.

"근데… 요즘은 범인들이 약아져서 콘돔을 많이 써. 콘돔을 쓰게 되면 성기에서 정액을 찾기는 어려워. 그러니 성기는 정답이 아니야."

"그럼 어디죠?"

"바로 가슴이야. 우리 형사들이 타액을 제일 많이 찾아내는 곳이 가슴이야. 여성과 전희를 나눌 때 남성의 구강이 제일 많이 접촉하는 곳이니까. 가슴 특히 유륜 쪽에서 타액을 제일 갾이 채취하지."

"뜻밖이지만 생각해보니 그럴싸하군요."

처음엔 정지한 것 같았던 민우의 머리가 조금씩 돌아가기 시작했다.

화장실로 가서 샤워를 했다. 주섬주섬 옷을 찾아 입었다. 무심결에 화장실 휴지통에 버렸던 정액이 든 콘돔을 비닐에 담아 바지 주머니에 넣었다. 채윤의 가슴과 아래를 물티슈로 씻어냈다. 집 안에서 자신의 손이 닿았던 곳이라고 생각되는 모든 곳을 물티슈로 닦았다.

죽은 채윤은 여전히 아름다웠다. 마지막으로 그녀의 입술에 작별 키스를 하고 싶었지만 그렇게 한다면 지금까지 애써 지운 타액을 남기게 될 터였다. 채윤은 무표정한 얼굴만 아니라면 살아 있는 사람 같았다.

"채윤 씨. 미, 미안해. 정말 미안해."

민우는 흐느끼면서 말했다.

민우는 자신의 행적을 살펴봤다. 오늘도 103동 뒷문으로 들어왔고 엘리베이터를 타지 않고 계단으로 올라왔으니 CCTV는 피했다. 채윤의 핸드백을 집어들었다. 휴대전화를 핸드백에 던져 넣었다. 강도가 한 짓으로 보이게 하려면 둘 다 가져가자.

거실과 부엌의 가구 서랍을 모두 연 다음에 일부러 쓰러트렸다. 옆집 1104호에 아직 아무도 이사 오지 않아서 다행이었다. 마침 공구상자 안에 망치가 있었다. 아파트 단지 옆에 새로운 아파트 단지 공사가 한창이었다. 민우는 공사장 소음에 리듬을 맞춰 망치로 키패드를 부쉈다. 땅. 땅. 땅. 현관문이 부서진 채 열린 것처럼 만들어놓고 계단으로 빠져나갔다.

* * *

곧 교대시간이었다. 민우는 서로 출근해 야간근무에 돌입했다. 죽은 채윤의 얼굴이 자꾸 떠올라 버티기 힘들었다. 평소보다 많은 일거리가 고마울 정도였다.

아침에 집에 도착하니 쌍둥이를 어르고 있던 시터가 반겨줬다. 서령은 침대에서 곤히 잠들어 있었다.

"아기 엄마는 어제 대학 친구들 만나고 와서 피곤했나 봐요. 저한테 둥이들 맡기고 바로 잠들었어요."

시터가 말하자 민우는 말없이 고개를 끄덕이고 자신의 방으로 들어갔다. 방문을 닫고 민우는 무너졌다. 주먹으로 입을 틀어막고 우는 동안 눈물이 주먹을 타고 목으로 옷으로 떨어졌다.

문득 손목이 텅 빈 느낌이었다. 손목시계가 없었다.

서령이 결혼할 때 사줬던 예물시계로 명품 브랜드는 아니지만 제법 고가였다. 서령은 더 좋은 브랜드의 시계를 사주고 싶어했지만 민우가 평소에 편하게 찰 수 있는 무난한 브랜드가 좋다고 고집했다. 시계 뒷면에는 'M에게 사랑하는 S가'라고 각인되어 있었다.

그 시계를 채윤의 작업실에 두고 왔다.

7

 샤워할 때 시계를 화장실에 벗어뒀던 게 틀림없다. 다시 작업실에 갈 수는 없다.
 '멍청한 놈.'
 스스로에게 욕설을 퍼부어봤지만 뾰족한 수가 없었다. 수사 상황을 지켜보는 수밖에. 매일 민우는 새로 올라오는 살인사건을 살펴봤지만 중국인 동네 칼부림 사건 정도였다. 채윤의 시체를 발견한 사람이 아직 없는 모양이었다.

* * *

 며칠 후, 민우는 동료들이 웅성거리는 소리를 들었다.
 "들었어? 윤현호 서장님이 부인상을 당했대."
 "세상에. 함 경위 죽은 게 겨우 세 달 전인가 그런데. 요즘 우리서 분위기가 영…."

"부인이 아직 젊다던데. 서장님하고 나이 차이가 많이 난대."

"설마 자살은 아니겠지?"

"강도 짓이라던데."

윤 서장이 강력팀에게 자신의 가족에게 수사력을 낭비하지 말고 강명구에 일어난 다른 살인사건에 집중하기를 요청하면서 일단 장례식을 먼저 치르기로 했다. 언론에 보도 자제 요청을 해서 기사는 나가지 않았다. 장례식 후에 강력 2팀이 후속수사를 하기로 했다고 들었다.

서장 부인의 부검을 마친 며칠 후에 장례식이 열렸다. 서장 배우자 상이라 모두 장례식장에 가기로 했다. 민우는 검은 양복을 갖춰 입고 동료들을 따라 식장에 갔다. 어차피 일에 집중이 안 되는데 차라리 장례식에 온 게 다행이지 싶었다. 채운이 죽었다는 사실이 아직 실감이 나지 않았다. 그녀의 얼굴, 목소리, 그리고 일랑일랑 향이 나던 체취…. 채윤의 모든 것이 계속 생각났다. 어두운 낯빛으로 민우는 소주를 연거푸 마셨다.

"술 안 마시는 네가 웬일이냐."

파트너 김 형사가 놀란 눈치였다.

"쌍둥이 태어나고… 여러모로 힘드네요."

"하긴. 애 생기면 남자도 고생이야. 집에 가도 못 쉬지."

윤현호 서장은 꼿꼿한 자세로 조문실에 서 있었다. 원래 창백한 얼굴이 더 핏기가 없어졌다. 충혈된 두 눈을 보니 많이 운 것 같았다.

"강도가 칼부림을 했다고?"

"현관문이 부서졌고 핸드백과 휴대전화를 도난당했다는데."

민우는 동료들이 주고받는 대화를 한 귀로 흘려들으면서 계속 상념에 잠겨 있었다. 채윤이 잠시 베란다로 나가 있으라고 했을 때 거부하고 방 안에 숨었다면 어땠을까. 힘으로 채윤의 남편을 제압하고 그녀를 살릴 수 있었을까.

"차 형사, 아직 조문 안 했지? 가서 서장님께 조문하고 와."

김 형사가 말했다. 민우는 조용히 자리에서 일어서서 조문객 줄 뒤에 섰다. 강명경찰서 서장의 부인상이라 제일 큰 장례식장을 잡았고 조문객이 많았다. 화환이 셀 수 없이 많이 와서 마치 거대한 꽃집 같았다. 함 형사의 초라한 장례식장과는 달랐다. 한참 만에 민우 차례가 와서 향을 향로에 꽂고 검은 양복을 입은 윤 서장에게 다가갔다. 그때 서장 옆에 있는 큰 영정 사진이 민우의 눈에 들어왔다. 환한 미소를 짓고 있는 곱슬머리 여자.

채, 채윤….
채윤 씨가 왜 여기 있어.

민우의 흔들리는 눈길이 윤현호 서장에게 꽂혔다. 안경 알에 식장 천장의 형광등이 정면으로 반사돼 서장의 눈빛이 잘 보이지 않았다. 윤 서장이 말했다.

"차민우 형사. 와줘서 정말 고맙네."

"삼가 고인의 명복을 빕니다. 큰일을 당하셔서 얼마나 힘드십니까."

민우는 고개를 숙이면서 서장의 손을 잡았다. 서늘하고 축축한 손이었다.
 "나는 괜찮네. 한창 나이의 아내가 비명횡사한 게 슬플 뿐이지."
 담담히 미소를 지으며 윤 서장이 말했다.

 민우는 휘적휘적 식장 밖으로 걸어나갔다. 바로 화장실 안에 들어갔다. 도저히 몸을 지탱할 수 있는 상태가 아니었다. 변기 위로 쓰러졌다. 위경련이 왔다. 채윤은 윤 서장의 아내다. 아니, 아내였다. 몇 분이 지났을까. 고통이 가셨다. 배를 움켜잡고 앉아 있던 민우는 겨우 심호흡을 하고 기운을 차렸다. 세수를 하고 다시 식장으로 돌아갔다.
 그 사이 김 형사는 집으로 돌아갔는지 민우 자리 맞은편에 상주 완장을 차고 상복을 입은 한 노인이 앉아서 홀로 술을 마시고 있었다. 채윤이나 서장의 가족인 듯했다. 주변 경찰들은 노인을 어려워하는지 슬그머니 다가와 인사를 하고 갔다. 우아한 은발머리 아래 세월이 퇴적된 얼굴에는 울분이 어려 있었다. 은퇴한 노경찰인가. 친숙한 얼굴이어서 민우는 노인의 정체가 궁금했지만 물어볼 기운은 없었다. 노인과 민우는 말을 섞지 않은 채 각자 술을 마셨다.
 "나쁜 새끼…."
 소주에 취했는지 노인은 혼자 중얼거렸다.
 "금쪽같은 내 딸을 막무가내로 데려가더니 죽게 만들어…."
 민우는 그 목소리를 듣고서야 알았다. 몇 년 전에 퇴임한 송희섭 경찰청장이었다. 경찰 정복이 아니라 상복 차림이어서 알아보지 못했다. TV에서 대국민 담화문을 발표하는 모습을 여러 번 본 기억이 났다. 윤현호 서장이 전임 경찰청장의 사위라는 말을 들었던 기억이 났다. 그럼 채윤은 송 경찰청장의 딸이었단 말인가. 경찰의 딸로 태어나 경찰과 결혼했고 경찰과 바람을 피우는 여자. 채윤 씨. 당신은 도대체 누구야. 난 당신에게 뭐였지.

"미처 알아보지 못해서 죄송합니다. 저는 강명경찰서 강력 1팀 차민우 형사라고 합니다."

민우는 정식으로 송희섭에게 인사했다. 희섭은 눈을 치켜뜨더니 고개를 끄덕였다.

"난 퇴직했고 오늘은 개인 자격으로 온 거니 신경 쓰지 말게. 여기서 나는 죽은 딸의 아비일 뿐이야. 장례는 사위에게 맡기고 술이나 들이키는 못난 아비."

"삼가 고인의 명복을 빕니다. 송 청장님 명성은 많이 들었습니다. 청장님 업적은 저희들 사이에서 전설입니다."

"다 지난 일일세."

회한이 가득한 눈으로 희섭은 소주잔을 물끄러미 내려다보더니 말했다.

"한 가지 얘기해줄까? 난 요즘 행복했다네. 내 딸이 드디어 사위하고 헤어진다고 해서 기분이 아주 좋았다네."

"네?"

"처음부터 저 자식과의 결혼을 반대했네. 넌 경찰이 아니라 평범한 남자와 결혼하면 좋겠다고 늘 말해왔지. 그런데 딸이 고집을 부려서 저놈하고 결혼을 했어. 결혼 십 년이 넘도록 자식은 생기지 않았고 딸은 결혼 생활을 답답해 했네. 그러던 딸이 요즘 나한테 말했네. 정말로 좋아하는 사람이 생겨서 사위와 이혼하겠다고 말이야."

"……."

"그런데 그 남자가 갑자기 죽었다더군. 딸은 너무 힘들어 했네. 난 당장 사위의 집에서 나오라고 했지. 딸은 알았다고 했지만 무슨 이유 때문인지 계속 늦장을 부렸네. 만약 내 말대로 했다면…."

희섭은 말을 이었다.

"딸은 아직 살아 있었을지도 몰라."

민우는 묵묵히 듣고 있었다.

"그런데 내 딸자식을 죽인 범인을 끝까지 잡지 않고 뭐? 수사력을 낭비하지 말자고? 망할 놈. 지 마누라가 비명에 갔는데 지 입신양명만 생각하는 새끼."

희섭은 빈 술잔을 상에 내리쳤다. 눈빛에 분노가 일렁였다. 머리를 누가 친 것처럼 민우는 멍하니 앉아 있었다. 희섭은 일어서더니 비틀거리며 식장을 나가려고 했다.

"장인어른. 더 있다가 가시지요."

서장이 어느새 희섭 곁에 와 있었다.

"장인? 그건 딸아이가 살아 있었을 때 이야기지. 난 더 이상 자네 장인이 아니야. 이제 그렇게 부르지 말게."

서장이 다가와 부축하려고 하자 희섭이 화난 표정으로 그를 뿌리치더니 구두를 신고 나갔다. 윤 서장은 말없이 희섭의 뒤통수에 깍듯이 인사하고 다시 조문실로 돌아갔다.

마지막 잔을 입에 털어 넣고 민우는 양복 상의를 걸쳤다.

민우는 집으로 발걸음을 서둘렀다. 꼭 확인할 것이 있었다. 집으로 돌아가 깊숙이 숨겨뒀던 채윤의 핸드백을 샅샅이 뒤져보았다. 화장품 파우치를 열어본 순간, 큰 충격이 강타했다. 왜 그동안 확인해볼 생각을 안 했을까.

'채윤 씨. 어떤 삶을 산 거야. 당신은⋯.'

민우는 그녀를 전혀 몰랐다. 애정이 눈을 멀게 했다. 자신이 장님이었다는 것을 인정하고 나서야 모든 것이 또렷이 보이기 시작했다.

며칠 후, 민우는 채윤의 작업실에 들렀다. 이미 모든 증거를 수집한 뒤라 현장을 지키는 순경은 없었다. 폴리스 라인 테이프를 뜯고 온 집 안을 샅샅이 뒤졌다. 거실 천장과 안방 붙박이장 안에서 민우는 자신이 찾던 흔적을 찾았다. 휴대전화로 사진을 찍었다.

민우는 서에 출근했다. 탈의실로 들어가 안을 뱅뱅 맴돌았다. 천장에 난 총탄 자국을 살펴보러 나무 벤치 위로 올라갔다가 내려왔다. 청소도구실 안에도 들어가 봤다. 탈의실을 나와 복도를 걸으며 천천히 걷다가 갑자기 우뚝 섰다. 생각이 하나로 모였다.

* * *

민우는 누군가에게 문자를 보냈다. 답이 바로 왔다. 주변의 시선을 피하면서 경찰서 2층으로 올라갔다. 서장실에 노크하고 들어갔다. 서장은 통창이 넓은 사무실에서 저녁 노을을 등지고 의자에 앉아 있었다. 민우를 보며 반갑다는 듯이 미소를 지었다. 한 손에는 펜을 든 채 보고서를 읽는 중이었다. 빠르게 펜을 놀리며 서장이 입을 열었다.

"왜 개인 휴대전화로 면담 요청을 했지? 수사반장을 통하지 않고."

"지금부터 말씀드리겠습니다."

민우가 대답했다.

"굉장히 중요한 일이어야 할 거야. 보다시피 바빠서."

"네. 아주 중요한 일입니다."

"어디 말해보게."

"함이준 선배에 관한 일입니다. 서장님."

민우는 긴장한 채 잠시 숨을 고르고 말을 시작했다.

"서장님이 함 선배를 죽였죠? 그리고 채윤 씨도."

8

"……."

윤 서장은 말이 없었다.

"한참 걸렸지만 결국 알아냈습니다. 함 선배는 절대 자살할 사람이 아닙니다."

"터무니없군. 내사 결과 자살로 종결된 사건이야. 내가 함 형사를 죽였다니? 그리고 내 아내도? 아내는 강도에게 성폭행을 당한 후 살해당했네."

"서장님이 가장 중요한 이해관계자니까요. 바로 오쟁이진 남편 말입니다. 상간남과 아내를 차례차례 죽이고도 남죠."

민우는 서장의 얼굴을 정면으로 응시했다.

"탈의실을 다시 살펴봤습니다. 사건을 재구성해보니까 답이 보이더군요. 제가 함 선배를 처음 발견했을 때 제일 먼저 달려온 분이 서장님이었습니다. 서장실은 2층에 있고 탈의실은 1층에 있습니다. 제일 빠른 걸음으로도 오 분 넘게 걸리죠. 권총이 발사되었을 때 서장님이 탈의실 안에 있었단 증거입니다. 직전에 강력팀 사무실에 들렀을 때 서장님은 근무복을 입고 있었는데 탈의실에서는 와이셔츠 차림이었죠. 왜 근무복을 벗었을까. 뒤늦게 깨달았습니다. 권총이 발사되는 순간, 근무복에 함 선배의 피가 묻었던 거죠?"

"……."

민우는 책상 위에 파우치를 쏟아부었다. 열 개가 넘는 경찰신분증이 흩어졌다.

"채윤 씨 핸드백 안에서 경찰신분증이 잔뜩 들어 있는 이 파우치가 나왔습니다. 제 신분증과 함 선배 신분증이 있더군요. 세 달 전에 제 신분증이 없어져서 재발급 받았는데 누가 가져갔는지 이제야 알았습니다. 함 선배는 채윤 씨와 사귀고 있었죠? 서장님은 이미 알고 계시겠지만 저 역시 채윤 씨와 세 달 넘게 만났습니다. 함 선배, 채윤 씨, 저. 우리들의 관계를 뭐라고 불러야 할까요? 삼각관계? 아니 서장님까지 포함하면 사각관계입니까?"

"……."

서장은 침묵했다.

"다른 경찰의 신분증도 열 장 넘게 있습니다. 공교롭게도 이 사람들은 모두 서장님이 부임했던 경찰서에 근무했더군요. 어떻게 된 거죠?"

"찾아냈군. 역시 핸드백을 가져간 건 자네였어."

"경찰신분증 훔치기. 그건 채윤 씨의 취미였죠? 자신이 사냥한 남자의 증표를 모아두는 게. 그동안 제가 채윤 씨와 관계하는 모습은 모두 거실과 침실에 설치된 몰래카메라로 서장님한테 생중겨되고 있었겠죠. 서장님한테 관음증이 있는 줄은 미처 몰랐습니다만."

민우가 이어서 말했다.

"채윤 씨 작업실은 남자와 교접하는 장소였던 거죠? 거실 천장과 침실 붙박이장 안쪽에 몰래카메라가 붙어 있던 자국을 발견했습니다."

"오해를 하고 있군. 난 관음증 환자가 아니야. 몰래카메라는 아내가 먼저 설치하자고 했어. 아내는 성욕이 넘치는 여자였고 나는 아내의 요구에 부응하지 못했지. 오픈 메리지. 우리는 개방된 결혼 생활을 한 거야. 아내는 젊은 경찰을 후리고 난 그걸 용인했어. 우린 함께 살 수 있는 방법을 찾은 것뿐이야. 나와 아내는 결혼 관계를 깰 생각이 전혀 없었거든. 우리는 상대 남자가 이상하게 돌변할 경우를 대비해서 몰래카메라란 보험을 든 거야. 아내는 내가 지켜보고 있다고 생각하면 안심이 된다고 했네."

"몰래카메라는 서장님이 나중에 떼간 거죠?"

"아내가 죽은 걸 발견하고 떼어왔지. 자네한테 아직 고맙다는 말을 못 했군. 차 형사가 강도 살인으로 위장해준 덕분에 남편인 내가 처음부터 용의선상에서 벗어났지."

"그럼 제 시계도 서장님이 가져갔겠군요? 강력 2팀이 제출한 증거품 목록에는 없더군요."

"이제 필요 없네."

서장은 서랍을 열더니 시계를 꺼냈다. 민우는 시계를 받아서 손목에 채웠다.

"내가 오쟁이진 남편이라고? 틀렸어. 난 뚜쟁이었어. 아내에게 젊고 건강한 경찰을 공급해주는 뚜쟁이. 그러니 나한테 살해동기가 있다는 자네 추측은 틀렸네. 아내에게 남자를 공급해주던 내가 새삼 질투심 때문에 함 형사를 죽인다고? 자네와 아내가 즐기는 모습을 보고도 가만히 있었던 나인데."

"그럼 말을 정정하죠. 진정한 사랑이라면 어떻습니까? 채윤 씨가 함 선배 때문에 서장님에게 헤어지자고 했다면?"

"……."

서장은 한동안 침묵하다가 말했다.

"웃기는 일이었지. 아내에게 함 경위를 유혹하보라고 말했을 때는 가볍게 생각했어. 장난으로 시작했으니 장난으로 끝날 줄 알았네. 난 처음부터 그놈이 싫었어. 새파란 후배에 뒷배경이 없고 뭐도 없는 놈인데 남들한테 자꾸 주목을 받는 게 거슬렸어. 아내한테 조금만 데리고 놀다가 차버리라고 했지. 그런데 아내가 일 년 넘게 그 자식을 만나는 거야. 그 자식에게 정말로 빠져들 줄이야. 어이가 없어서 처음엔 화조차 나지 않았어."

"함 선배를 유혹하라고 시켰다고요? 서장님 부부는 사람을 갖고 놉니까?"

민우는 서장을 노려봤다.

"함 선배가 죽던 날, 무척 우울해 보였습니다. 대체 무슨 일이 있었던 겁니까? 서장님이 정말 함 선배를 죽였습니까?"

"날 너무 나쁘게 보지는 말게. 피해자는 나니까. 아내와 함이준에게 고스란히 당한 건 나란 말이야. 몇 달 전에 아내가 그 남자를 사랑하게 됐다고 하더군. 자기를 그만 놔달라고 했네. 난 아내를 잘 알아. 그 말을 할 때 아내 눈빛은 진심이었어."

"그냥 이혼해주면 되지 않습니까?"

"난 경찰청장이 되어야 하는 사람이야. 경찰대 시절부터 지금까지 그 목표 하나만 바라보고 경찰 일에 헌신해왔어. 이 정도 일로 내가 추락해야 하나? 이혼은 승진에 절대적으로 불리해. 관음증 환자보다 부하 직원에게 아내를 뺏긴 남편. 그게 더 나빠."

"……."

민우는 서장의 말투가 역겨웠지만 아무 대꾸를 하지 않았다.

"그 점은 결혼할 때부터 아내와 충분히 합의가 되어 있었지. 부부 사이에 어떤 일이 있어도 우리는 절대 이혼할 수 없다고 아내에게 단단히 일러두었지. 이혼한 경찰서장이 경찰청장이 될 수 있을까. 아닐세. 그 점만큼은 아내도 동의하더군. 아내는 나와 법적 부부를 유지한 채 그 자식과 동거하겠다고 하더군."

"질투심을 느꼈겠군요."

"말도 안 되는 상황이었어. 애초에 내가 허락하지 않았다면 시작조차 못 했을 관계인데."

"그래서 둘 다 죽였군요."

"함이준은 죽어 마땅한 자였어. 감히 내 것을 건드려? 내가 허락한 만큼만 누리고 그만큼도 감지덕지했어야 할 자식이. 하지만 난 아내는 죽이지 않았어. 그건 정말 맹세할 수 있네."

"네?"

"나한텐 확실한 알리바이가 있었어. 아내가 죽던 날, 부산으로 출장을 갔어. 나도 범인을 몰라. 자네와 정사를 벌인 후 아내가 범인을 만나기 직전에 몰래카메라를 꺼버렸어. 왜 껐는지 그 이유가 궁금하네. 그 전에 자네가 베란다로 나가는 장면을 봤기 때문에 자네는 범인이 아니라는 건 진작에 알고 있었어. 아무튼 나는 아내를 죽이지 않았네. 그리고 함이준이 죽게 된 상황도 자네 생각과는 달라."

서장이 간절한 눈빛으로 민우를 쳐다봤다.

"내 이야기를 들어주게. 제발 부탁이야."

9

나는 채윤을 보는 순간 첫눈에 반했네. 화려한 모란 같은 여자였지. 일찍 상처하고 홀로 딸을 키워온 장인어른은 결혼을 격렬하게 반대했네.

아마 어떤 남자도 성에 차지 않겠지. 아름답고 성숙한 외동딸을 나이 차이가 많이 나는 경찰 사위에게 주고 싶지 않았던 거야. 장인어른과 채윤은 무척 끈끈한 부녀 사이였어. 다행스럽게도 아내는 경찰을 좋아했네. 제복을 사랑하는 여자였지. 우리는 장인어른의 반대를 무릅쓰고 결국 결혼에 골인했네. 경찰의 아내로서는 최고의 여자였네. 아버지가 경찰이었기 때문에 경찰의 아내가 어떻게 살아야 하는지 잘 이해하고 있었지. 우아하고 완벽한 여자였어. 단 하나, 성도착증이라는 병을 앓고 있다는 점을 빼고는 말이야.

나는 강명경찰서 부임 초부터 함이준에게 주체할 수 없는 적개

심을 느끼곤 했네. 나와는 모든 면에서 정반대인 자였어. 내가 책상물림 관료라면 그자는 현장에서 뼈가 굵은 투사였지. 단정한 얼굴과 큰 키에서 걷잡을 수 없는 거친 매력이 뿜어져나오는 데다가 머리도 비상한 사내였어. 지성과 육체가 조화를 이룬 완벽한 피사체라고나 할까. 아내에게 함이준을 표적으로 제시한 건 반은 장난 반은 진심이었어. 함이준이 아내에게 굴복당하고 나면 기세가 꺾일 거라 생각했지.

어리석은 생각이었네.

오히려 아내가 함이준에게 푹 빠져버렸지.

함이준은 아내에게 호락호락 넘어가지 않았네. 아내가 모든 수단과 방법을 동원해서 함이준을 공략했지만 그는 좀처럼 채윤의 것이 되지 않았네. 자네가 아내와 처음 만날 무렵 혹시 연잎차를 권하지 않던가? 그 차는 블루 로터스를 비롯한 미약을 섞은 차야. 마시면 성욕이 일어나지. 함이준은 연잎차도 피해갔네. 그자는 빙긋 웃으면서 아내가 준비한 모든 계략을 사뿐사뿐 뛰어넘어 버렸어. 아내가 지쳐서 그를 포기하려고 하자 함이준이 아내에게 접근해서 손쉽게 정복해버렸지. 그는 사냥감이 아니라 사냥꾼이었네.

어떤 관계도 일 년을 넘기면 안 된다는 부부 사이의 규칙을 어기고 아내는 함이준하고만 일 년 넘게 만났네. 그 일 년 동안 몰래카메라를 통해 두 사람의 정사를 지켜보면서 나는 마음 깊숙이 고통을 느꼈지. 아내는 그런 나를 안쓰러워했지만 내가 관계를 끝내라고 강요하자 단호하게 거부했어.

"여보. 난 그동안 정답을 찾아 헤매고 있었는지도 몰라. 이준 씨를 만나고서야 알게 됐어."

"뭐? 그 자식이 정답이라고?"

나와 아내는 결혼한 후 최초로 심한 부부싸움을 했네. 아내는 결국 함이준과 헤어지는 데에 동의했어. 대신 나에게 자신이 찍는 경찰을 무조건 데려오라고 요구했네. 그 남자가 바로 자네지.

자네가 처음으로 아내를 만난 날, 출근길에 아내는 다정하게 나에게 다가와 넥타이를 매줬네. 미소를 지으며 말하더군.

"여보, 어쩌면 오늘 경찰을 출동시킬 일이 생길지 몰라."

"그게 무슨 소리야."

나는 불안했네.

"글쎄. 작업실 아파트에서 재미있는 일이 벌어질 거야."

아내의 입가에는 짓궂은 미소가 떠올라 있었어.

나중에야 알았네. 옆집 남자가 자신의 아내에게 칼을 휘둘렀어. 나는 출동 보고를 듣고 곧바로 아내에게 전화했네.

"이 미친 여자야! 대체 무슨 짓을 한 거야!"

"옆집 남자에게 전화해서 속삭여준 게 다야. '당신 아내가 바람을 피우는 현장을 잡았다고.' 구체적인 상황과 만나는 상대까지 적당히 읊어줬지."

"당신 때문에 그 여자는 죽을지도 몰라."

"무슨 상관이야. 그동안 툭하면 가정폭력 신고가 들어와서 얼마나 시끄러웠다고. 그나저나 덕분에 찾았어. 아까 출동한 경찰 중에 아주 맘에 드는 남자가 있었어. 눈빛, 얼굴, 몸. 전부 다."

"누구야?"

"지금 사진 보낼게."

아내는 문자로 사진을 보내왔네. 바로 경찰차 옆에 서 있는 자네였어.

"차민우 형사로군. 탁월한 심미안은 인정하지. 별명이 강력계 모델이니까. 하지만 이 남자는 안 돼."

"왜?"

"유부남이야. 아직 신혼이고. 곧 아기도 태어나. 우리 유부남은 건드리지 않기로 합의했잖아?"

아내는 전화기 건너편에서 깔깔 웃어댔네. 자네에게 그 소름 끼치는 웃음소리를 들려주고 싶군.

"여보. 난 이 남자 아니면 싫어. 이준 씨와 나를 헤어지게 할 거라면 내가 이준 씨를 기꺼이 포기할 수 있을 만한 멋진 대안을 줘야지. 이 형사를 나한테 보내. 마침 내가 사는 집이 칼부림 피해자 옆집이라 핑계가 좋잖아? 목격자 진술조서가 필요할 텐데."

아내는 차가운 어조로 말했네. 나는 그 요구를 거절할 수 없었어.

자네한테는 미안하게 생각하네. 나는 함이준에 대한 질투심에 미쳐 날뛰고 있었지. 아내가 누구를 사귀든 함이준과 함께 나를 떠나는 것보다는 낫다고 생각했네. 나는 화가 치밀어 올랐지만 아내가 시키는 대로 할 수밖에 없었어. 아내는 나를 떠날 수 있어도 나는 아내를 떠날 수 없었으니까. 항상 더 사랑하는 쪽이 약자야. 그때 아내에 대한 분노 때문인지는 몰라도 나한테 엉뚱한 생각이 떠올랐네.

지금은 후회하네. 이미 늦었지만.

함이준이 죽던 날, 내 컴퓨터에 저장된 아내와 자네가 키스하는 동영상 중에서 자네 얼굴이 제일 잘 드러나는 장면을 추출했네. 그걸 함이준에게 문자로 보냈네. 다음 메시지와 함께.

'탈의실 한 시간 후.'

함이준은 지정한 시간에 탈의실에 나타났네.

"감찰반에 익명의 투서를 보낸 사람은 서장님이었죠?"

그가 입을 열었네.

"알고 있었군."

"익명이라는 말을 듣고 서장님이 그랬을 거라 짐작했습니다."

"그렇게까지 했는데도 못 헤어진다고 하니 내가 친절하게 직접 나설 수밖에 없군. 아까 사진 봤지. 그게 네가 사랑하는 여자의 실체야. 네가 제일 아끼는 후배, 차민우 형사와 붙어먹었어. 몇 시간 되지 않은 따끈따끈한 영상이야. 원한다면 전체 영상도 제공해주지. 마지막 추억으로 삼게."

"저한테 이러시는 이유가 뭡니까?"

침착한 목소리로 함이준이 물었네.

"이 여자는 원래 이런 여자야. 출동지 주소 봤지? 자네가 잘 아는 곳이지. 바로 자네가 그 여자와 같이 연애 놀음을 했던 작업실 바로 옆집이야. 왜 그곳으로 출동했는지 알아? 아내가 일부러 경찰을 출동시키고 싶어서 옆집 남자에게 아내가 바람을 피웠다고 거짓말을 했지. 나한테는 새로 사냥할 만한 후보자들을 직접 보고 싶었다고 하면서 웃더군. 아내는 차 형사가 맘에 든다며 그 친구를 집으로 보내라고 지시했어. 그리고는 원하던 대로 오늘 낮에 차 형사와 뒹군 거야. 옆집 여자는 내 아내의 욕망 때문에 남편

칼에 죽었지. 정말 잔인하고 못된 여자야. 이 남자 저 남자 닥치는 대로 사냥하고 욕망이 충족되면 미련 없이 버리지. 알겠나? 지난 일 년간 그 여자와 즐거웠으면 됐어. 이제 미련을 버려. 나만 이 여자를 다스리고 소유할 수 있어. 자네는 이 여자를 가질 깜냥이 안 돼."

나는 함이준에게 쏘아붙였네.

그때 그자가 지었던 표정을 잊을 수가 없네. 아마 죽을 때까지 못 잊을 거야. 그건 절망인지 슬픔인지 알 수 없는 고통스러운 표정이었네.

"상관없습니다. 다 알고 있습니다."

함이준은 담담하게 말했네. 체념한 표정이었지.

"뭐라고?"

"채윤 씨는 병을 앓고 있는 것뿐입니다. 저한테 솔직하게 얘기해줬습니다. 저는 상관없습니다. 채윤 씨가 바라는 대로 다 하고 살아도 됩니다. 다만 제 곁에 있어 주기만 한다면."

"이런 빌어먹을 놈. 주거침입한 상간남으로 고소당하고 싶나? 나는 저 여자와 십이 년이나 부부 생활을 했어. 넌 이제 겨우 일 년 잠자리에서 놀아난 게 다야."

"채윤 씨는 서장님 곁에서 전혀 행복하지 않았다고 하더군요. 제 곁에서만 행복하다고 했습니다."

"아내는 원래 거짓말을 잘해."

"그 거짓말을 서장님에게 했을 수도 있지 않습니까?"

그 남자는 단단한 바위와도 같았네. 내가 여자였다면 그 남자와 사랑에 빠졌을지도 몰라. 아니, 나는 이미 그 남자를 사랑하고 있었네. 일 년 동안 몰래카메라를 통해 아내과 함이준의 정사를 엿보면서 나도 모르는 사이에…. 가장 미워하던 대상에게 매혹된다는 건 끔찍한 경험일세.

나는 말투를 바꾸어 그자에게 애원하기 시작했네.

"제발 부탁이야. 아내를 놔줘. 혹시 승진을 원하나? 내가 힘써 볼 수 있어."

"아뇨. 승진에는 관심이 없습니다. 채윤 씨를 포기 못 합니다. 서장님께는 정말 죄송합니다. 저는 전출 신청을 할 겁니다. 채윤 씨와 저는 새로운 곳에서 새 삶을 시작할 작정입니다."

깨달았네. 나는 암캐를 두고 벌어진 경쟁에서 패배한 수캐구나. 아내가 거짓말을 했구나. 그 여자는 함이준과 헤어질 생각이 전혀 없었네. 자네를 보내라고 한 건 나를 안심시키고 시간을 끌기 위한 함정이었어. 아내가 떠나려는 쪽은 함이준이 아니라 나였네.

그때 함이준의 표정이 나를 분노하게 했어. 그는 동정심이 가득한 눈빛으로 나를 쳐다봤네. 감히 나를 동정해? 정신을 차려보니 나는 그자에게 달려들고 있었네. 함이준은 현장에서 단련된 강인한 남자라 내 힘으로는 상대가 되지 않았어. 오히려 내가 그에게 제압을 당해 나무 벤치에 등을 댄 채 짓눌렸네. 나는 발버둥을 치면서 그자의 품에서 벗어나려고 했지만 소용이 없었어. 우리는 엎치락뒤치락하면서 벤치 위를 뒹굴었지. 탈의실에는 거친 숨소리만 가득했네.

"이러지 마세요. 서로 괴로워질 뿐입니다."

함이준이 낮은 목소리로 말했네.

"닥쳐!"

나는 이를 악물고 말했어. 그자는 내 몸을 단단하게 옥죄었던 두 손을 풀더니 중얼거렸네.

"서에는 보는 눈이 많습니다. 이만 서장실로 돌아가시죠."

그 순간이었어. 내가 그의 허리에서 권총을 꺼낸 건. 함이준이 내 손을 붙잡았네. 그자와 내 손이 동시에 권총을 잡았네. 내가 먼저 손가락을 방아쇠에 걸었어. 함이준이 내 손에서 권총을 뺏으려고 안간힘을 쓰는 사이에 스미스웨슨 38구경이 발사됐네. 철커덕. 탕! 탕! 첫 번째 약실은 비어 있어 철커덕 소리만 났고 두 번째 약실에 든 총알은 공포탄이라 발사 소리만 요란했네. 세 번째 약실의 실탄이 함이준의 머리를 꿰뚫었네. 그는 그대로 쓰러졌네. 나는 흠칫 놀라면서 그의 몸을 벤치에 뉘었어. 함이준의 표정이 점점 굳어지고 그의 눈에서 생기가 빠져나가는 과정을 생생히 목격했네. 죽음은 그렇게 간단했어.

이것저것 생각할 틈은 없었네.

손수건으로 방아쇠를 닦고 함이준의 손에 권총을 쥐여줬네. 바로 탈의실 옆에 있는 청소도구실 안으로 뛰어들었어. 바깥 복도로 빠져나가는 큰 창문을 통해 복도로 나가서 근무복 상의를 살펴보니 피가 조금 묻어 있었네. 마침 서류가방에 새 와이셔츠가 들어 있었지. 근무복 상의는 둘둘 말아 접어서 쓰레기통에 넣고 와이셔츠로 갈아입고 탈의실 쪽으로 걸어갔네. 바로 탈의실에서 "함 선배!" 하고 자네가 부르짖는 소리가 들렸어. 사람들이 몰려왔네. 구급차가 도착한 후 나는 쓰레기통으로 돌아가 근무복을 다시 꺼내 서류가방 안에 숨겼지.

집에 가서 함이준이 자살했다고 말하자 아내는 비명을 질렀네. 거의 반쯤 미쳐버렸지.

"살인자! 네가 죽였지. 난 다 알아. 네가 그 사람을 죽여버렸지!"

아내는 내 따귀를 때리더니 집안 살림을 때려부수며 통곡했네. 주저앉아 주먹으로 바닥을 치며 제정신이 아니었어.

"아니야. 여보. 함 형사는 정말로 자살했어."

나는 아내를 계속 달래며 끝까지 거짓말을 했네.

"당신이 그이를 죽음으로 내몬 거야. 그 못난 질투심! 단 한 번의 기회였어. 이준 씨는 내가 인생을 다시 한 번 제대로 살 수 있는 마지막 남은 기회였어. 용서할 수 없어. 용서 못 해. 당신을 절대로 용서 안 할 거야."

아내는 흐느껴 울며 말하더니 집을 뛰쳐나갔네.

다음 날 밤늦게 집에 온 아내는 차분하게 나에게 말했네.

"이제 이준 씨는 없고 난 하던 대로 하며 살래. 저 젊은 형사가 정말 좋아. 이준 씨와 친했던 후배라고 들으니 마치 이준 씨가 저 사람을 통해 나한테 이어지는 느낌이 들어. 난 나대로 잘 지낼 테니까 당신은 이제 나한테 신경 쓰지 마."

"알았어."

나중에야 몰래카메라 영상을 보고 알았네. 그날 아내는 자네 얼굴을 천으로 가리고 관계를 가졌어. 자네는 죽은 함이준의 대용품이었어.

* * *

서장이 말을 마치자 민우는 고개를 떨궜다. 저들에게 나는 장난감일 뿐이었어. 그는 입술을 떨며 말했다.

"대체 당신들은…. 사람을 장기판의 장기말처럼 가지고 놀았군요? 저도 피와 살이 있고 감정과 마음이 있는 사람입니다."

"다시 한 번 미안하게 생각하네. 나는 아내를 내버려 뒀네. 언젠가 나를 용서하기를 바라면서. 나한테 화를 내고 분노하더라도 나를 떠나는 것보다는 나았으니까. 자네가 있어서, 아니 자네 덕분에 아내는 나를 떠나지 않은 거야."

서장은 변명했다.

"서장님. 저는 이 일이 생기기 전까지 서장님을 진심으로 존경했습니다. 경찰답게 영예롭게 퇴진할 기회를 드리겠습니다. 한 달, 앞으로 한 달 안에 자수하세요."

서장은 대답하지 않았다. 천천히 안경을 벗더니 안경수건으로 알을 닦았다. 충혈된 눈 위에 안경을 다시 쓰고 의자를 빙글 돌려 창밖을 바라봤다. 도시를 온통 붉게 물들인 석양이 서장과 민우에게 쏟아졌다. 서장은 뒤를 보지 않고 말했다.

"작고 네모난 화면으로 엿봤던 아내와 함이준. 나는 요즘 두 사람이 간절하게 보고 싶어. 그들은 아름다웠어. 그 두 사람은 내 삶의 한 부분이었어. 그들이 죽고 소중한 무엇인가를 영영 잃어버린 기분이야. 자네는 이런 감정을 이해할 수 있나?"

"아뇨. 이해하지 못하고, 이해하고 싶지도 않습니다."

"다시 시간을 돌릴 수 있다면 아내를 함이준에게 보내줄 거야."

서장은 여전히 노을을 바라보면서 말했다.
"전에 함 형사가 한 말이 맞았어. 자네는 훌륭한 형사야."
"……."
말없이 민우는 서장실 문을 닫고 나왔다.

민우는 멍하니 강력팀 자리에 앉았다. 함 선배와의 마지막 대화가 떠올랐다. "아내를 사랑하나?" 이렇게 물어봤을 때 모든 것을 알고 있었구나. 쓸쓸한 미소만 짓고 있었지. 가슴이 미어졌다.
그때 서에 총성이 울려 퍼졌다. 모든 동료들이 밖으로 뛰쳐나갔지만 민우는 그대로 자리에 머물렀다.
무슨 일이 일어났는지 잘 알고 있었다.

10

집 현관문을 여니 거실은 어둠 속에 잠겨 있었다.

서령이 거실 소파에 앉아서 TV를 보는 중이었다. 자연 다큐멘터리였다. 암사마귀가 교미하다 말고 수사마귀의 머리를 뜯어먹고 있었다. 아그작아그작. 넓은 거실에 수사마귀의 머리가 뜯어먹히는 소리가 커다랗게 울려 퍼졌다. 머리가 떨어져나간 수사마귀는 여전히 힘차게 용두질을 했다. 수사마귀는 목이 없어져도 한동안 성행위를 할 수 있습니다. 오히려 더 쾌감을 느낍니다. 내레이터의 목소리가 울렸다.

"둥이들은?"

"잘 자. 시터 이모님은 퇴근하셨어. 엄마는 방금 가셨고."

장모님은 아예 민우의 신혼집 근방으로 이사 왔다. 사랑하는 외동딸이 혼자 고생하게 내버려둘 분이 아니었다. 민우는 둥이들 방에 들러 쌍둥이의 자는 모습을 들여다봤다. 애처로울 정도로 가냘

프고 사랑스러운 존재들. 그는 쌍둥이에게 이불을 잘 덮어주고 나왔다.

서령이 무심히 말했다.

"여보. 어제부터 내 휴대전화가 안 보이네."

"집 안 어디 굴러다니겠지."

민우는 무릎을 꿇고 서령의 드레스 안으로 머리를 넣었다. 아내의 허벅지에 얼굴을 부볐다. 따뜻하고 보드라웠다. 손을 뻗어 가슴을 거칠게 어루만지자 서령은 신음을 냈다. 재빠르게 팬티를 벗겨내자 신음이 더 커졌다. 민우가 입으로 아내를 만족시키는 동안 목이 달아난 수사마귀도 암사마귀에게 격렬하게 사정하고 있었다. 서령의 등이 리모콘을 짓누르면서 암수 사마귀가 교미하는 소리가 더 크게 들렸다. 암사마귀가 절정을 맞이할 때 서령도 민우의 입안에서 절정을 맞이했다. 목 없는 수사마귀의 몸통이 땅으로 추락했다.

장면이 바뀌어 화면에는 알에서 부화한 새끼 사마귀들이 가득했다.

* * *

서장실에서 나온 뒤 민우는 생각에 잠겼다.

윤 서장이 함 선배를 죽였다. 열등감과 질투심이 서장을 뜻밖의 살인으로 몰고 갔다.

하지만 서장은 채윤을 죽이지 않았다. 그날 그는 부산으로 출장을 갔다. 서장은 아내를 소유물로 생각하는 인간이다. 애지중지

하던 소유물을 잔인한 방식으로 없앨 작자는 아니다. 채윤이 몰래 카메라를 껐기 때문에 서장도 누가 채윤을 죽였는지 보지 못했다. 채윤은 왜 나한테 거짓말을 했을까. 왜 방문자를 남편이라고 속였을까.

채윤은 사냥꾼이었고 포식자였다. 그날 그 여자는 민우를 베란다에 가둔 채 정체불명의 방문자와 게임을 하려고 했다. 채윤은… 그런 여자였다. 그 장난기가 죽음을 불러왔다.

어떤 생각이 민우를 스치고 지나갔다. 한동안 전화를 돌리고 몇 군데를 직접 돌아다녔다. 머릿속 가설을 반드시 확인해야만 했다.

"금요일 날요? 서령이 그날 안 나왔어요. 서령이가 갑자기 불참한다고 했어요. 쌍둥이가 고열이 나서 응급실에 가야 한다며 다급한 목소리더라고요."

민우의 전화를 받고 아내 친구 아영은 당황한 것 같았다.

"여보. 나 오늘 기분 전환 좀 하고 올게. 시터 이모님께 돈 더 얹어드리기로 했어. 간만에 대학 동창들 좀 만나려고."

채윤이 죽던 날, 설레는 표정으로 말하던 서령을 떠올렸다.

민우는 신혼 때 서령이 휴대전화를 선물했던 기억이 났다. 과학수사대에서 휴대전화 추적과 포렌식을 담당하는 후배에게 자신의 휴대전화를 살펴봐 달라고 부탁했다.

"차 선배 휴대전화 복제됐네. 더 조사하면 누가 복제했는지 알 수 있어. 더 파봐?"

"아니야. 누가 복제했는지 알 것 같아. 미안한데 내가 알아봐 달라고 한 건 비밀로 해줘."

"선배. 무슨 일 있어?"

후배는 민우의 창백해진 낯빛을 보고 걱정했다.

서령은 휴대전화를 민우에게 선물하기 전에 이미 흥신소를 통해 복제를 끝냈으리라. 민우가 채윤과 만나는 내내 서령은 모든 것을 알고 있었다.

다음 날 민우는 서령, 채윤, 자신의 휴대전화 세 개를 모두 비닐백에 넣고 무거운 벽돌 몇 개에 끈으로 묶어 한강대교 밑으로 던졌다. 작은 포말을 일으키며 어두컴컴한 물속으로 추락하는 비닐백이 마치 자신의 신세 같았다.

민우는 거실 장식장을 바라봤다. 서령이 모아온 인형들과 트로피들 끝에 결혼 사진 액자가 있었다. 하늘색 턱시도를 입고 환하게 웃고 있는 민우와 웨딩드레스를 입은 서령의 모습.

민우는 아내의 트로피였다. 서령은 유치원 때부터 가지고 놀았던 인형을 지금까지 보관하고 초등학교 시절부터 땄던 수십 개의 트로피를 반짝반짝 닦아서 보관해온 여자다. 소박하고 눈에 띄지 않는 외모의 서령에게 민우는 남들 앞에 당당하게 내세울 수 있는 근사한 트로피였다. 민우가 서령을 사랑하는지 아닌지 여부는 중요하지 않았다. 누가 트로피 따위의 생각이 궁금할까? 서령이 민우를 사랑하는 것으로 충분했다. 민우는 오직 서령의 것이어야만 했다.

채윤은 서령에게 위협이었다. 서령은 쌍둥이를 낳을 때까지는 남편의 바람기를 참았다. 아기를 낳으면 남편이 다시 돌아올 거라

기대했는지도 모른다. 하지만 출산 한 달 만에 밀회를 약속한 민우와 채윤의 문자를 보고 생각을 바꾼 게 틀림없다. 복제된 민우의 휴대전화를 통해 채윤의 번호를 알아내 전화를 했으리라.

"차민우 씨 아내예요. 우리 좀 만나요."

"그래요? 그럼 제 집으로 와요."

채윤은 일부러 민우와 정사를 벌이는 시간에 서령을 불렀으리라. 그 여자는 그 만남조차 게임처럼 생각했다. 서령은 상관하지 않았다. 채윤은 몰랐겠지만, 서령은 상간녀와 대화를 나눌 생각 따윈 전혀 없었으니까.

"아직 용의자를 특정하지 못했어요. 그런데 그날 녹화된 103동 엘리베이터 CCTV를 보니 살해추정 시간 두 시간 전에 만삭 임신부가 탔더라고요."

민우는 채윤 강도살인 사건을 후속수사 중인 강력 2팀 후배의 말을 떠올렸다.

"임신부고, 모자를 써서 얼굴이 전혀 안 보이고, 7층에 내려서 강도살인 용의자에 안 올렸어요. 방문자였겠죠."

서령은 아직도 배가 부풀어 있었다. 출산한 지 한 달이 막 지나서 배가 다 꺼지지 않았다. 임부복을 입고 임신부 흉내를 내는 일쯤은 식은 죽 먹기다. 칼은 핸드백에 넣었겠지.

그날, 전 펜싱 선수 출신인 서령은 힘으로 채윤을 제압하고 효율적으로 도살했으리라.

* * *

민우가 입가를 닦아내고 몸을 일으키자 서령이 봄 햇살처럼 환한 미소를 지었다. 무표정한 얼굴로 민우는 서령의 이마에 입을 맞췄다.

"여보. 오랜만에 알탕을 끓였는데, 시간이 늦었지만 데워줄까?"

"고마워. 밥은 조금만 줘."

서령이 인덕션 위에 뚝배기를 올려놓았다. 민우는 식탁 앞에 앉았다.

"여보, 지난주 금요일 날, 시터 님이 온종일 둥이를 봐주셨지? 당신이 대학 동창들하고 브런치 먹는다고 했던 그날."

"응. 그날 대학로에서 명란 크림 파스타 먹고 왔어. 아영이는 결국 남친하고 헤어졌다고 하더라. 삼십 대 중반에 헤어지니 심란하다고 내 앞에서 울고불고 난리였어. 왜?"

"아, 아니야."

서령의 말투는 차가웠다. 민우는 더 이상 묻지 말아야 할 질문은 묻지 않기로 했다. 민우는 죄를 지었다. 아내도 죄를 지었다. 누구의 죄가 더 큰지 굳이 가늠하지는 말자. 갓 태어난 쌍둥이를 위해서라도 우리의 죄는 무덤에 갈 때까지 비밀로 남겨둬야 한다.

"여보."

"……."

"여보."

"자꾸 왜 불러? 지금 밥 차리고 있는데."

서령이 온기 없는 목소리로 대답했다.

"사랑해."

민우가 중얼거렸다.

부엌에 밝은 웃음소리가 울려 퍼졌다. 여전히 뒤돌아선 채로 서령이 말했다.

"싱겁긴. 조금만 기다려. 배고프지?"

민우는 아내가 영원히 뒤를 돌아보지 않기를 바랐다.

서령의 표정을 보고 싶지 않았다. 아니, 그보다는 자신의 표정을 보여주고 싶지 않았다. 아직은 착한 남편의 가면을 벗을 자신이 없었다. 견디자. 지금 내가 할 수 있는 일은 별로 없어. 이 진공 같은 상태에 익숙해지자. 그래. 기꺼이 이 거짓된 놀음에 장단을 맞춰주지. 아이들을 위해서. 민우는 몹시 피곤했다. 눈을 감고 유리가 깔린 식탁에 천천히 얼굴을 기댔다. 얼음같이 차가운 유리에 뺨이 닿을 때까지.

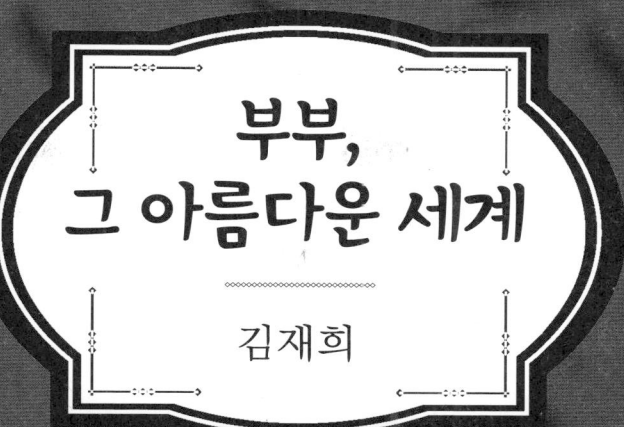

부부,
그 아름다운 세계

김재희

1

아내의 세계

삼십 대 여성 유저들이 많은 '패션피플들의 사교생활(줄여서 패피생활)' 커뮤니티에 한 유저의 불륜 고백 글이 올라왔다. 그 글은 이만 조회수를 넘기면서 SNS와 영상 플랫폼마다 퍼 날라지며 그날 하루 전 국민의 관심글이 되었다.

제목: 저는 불륜하는 사람입니다.
아이디: 병원 쇼핑 환자
조회수: 23145

제목 그대로 저는 불륜을 하는 사람입니다. 하지만 저에게 무작정 돌을 던지지 마시고 저의 사정을 들어봐 주십시오.
저는 사실 몸이 아팠습니다. 직장에서 받은 정신적인 스트레스로 인해 어지러움과 구토가 동반하는 이석증과 함께 온몸에 힘이 없는 무기력에 등과 목 근육이 아팠습니다. 정형외과에 가서 일자목 진단을 받아 도수치료를 받았지만 어김없이 다른 증세는 호전되지 않았습니다.

그래서 추나치료로 유명하다는 한의원에 방문했습니다.

전철역 근처 한의원은 삼십 대 중반으로, 젊고 세련된 한의사가 다가와 초음파로 진료를 보더니 일자목에 의해 피가 안 통해 이석증세도 있다고 추나요법을 받으라고 권했습니다. 마침 실손보험 적용이 된다기에 망설이다가 추나요법을 지속적으로 받기로 했습니다.

간호사는 저에게 등이 벨크로로 된 분홍 환자복을 위아래 입게 했습니다. 저는 환자복을 입고 돌아누워서 등을 오픈해 한의사에게서 침을 맞았습니다.

기력이 약한지, 침을 맞는데도 아 하는 신음이 작게 나왔습니다.

"많이 허약하세요."

한의사의 이 한 번의 말에 눈물이 나올 지경이었습니다. 가족 누구도 나에게 관심이 없고 나의 힘든 상황을 모른 척하니까요.

고맙습니다 하고 입을 다물고 눈물을 삼켰습니다.

침을 맞으면서 기다리는데 원장실에서 쾅쾅쾅쾅 두들기는 소리가 나서 누가 맞는 건가 하는 무서움도 들었습니다. 하지만 침을 제거하고 원장실로 오라 해서 추나 베드에 누워 치료를 받았습니다. 그때 추나 베드에서 나는 소리인 걸 깨달았습니다.

베드에 누워서 다리가 팔락팔락 베드를 따라 물고기처럼 잠시 움직이다가 허리와 고관절, 목과 등을 주무르고 진동과 충격을 주는 치료를 받고 나서 정신이 산만했습니다.

하지만 집에 가 그날은 그래도 잠을 푹 잘 수 있었습니다. 수면 장애가 있어 새벽에나 잠들었는데, 그날은 네 시간은 푹 잘 수 있었습니다.

다음 날부터 매일 추나요법을 받으러 다녔습니다. 그런데 다닌 지 십 일째 정말 스트레스를 받아서 원장실에 들어가 문을 닫고 먼저 직장에서의 스트레스를 토로하다가 한의사의 손을 잡고 눈물을 흘렸습니다. 그가 손수건으로 닦아주었습니다. 그는 결혼한 사람입니다.

저는 그날 처음으로 교감을 했고, 추나요법을 받던 저는 다시 몸을 일으켜 세우고 말없이 한의사의 품에 안겼습니다.

아, 너무도 제 인생의 큰일을 이야기하느라 힘들지만, 어디에도 토로하지 않고는 살 수가 없습니다.

다음번에 기회가 되면 다시 자세히 말씀드리겠습니다.

새벽에 올라온 이 글은 엄청난 조회수와 파급력으로 여러 사이트에 올라가면서 전국을 뒤흔들었다. 한의사와 추나 치료를 받다 바람이 나는 사람도 있는가 하는 의문점부터 시작해, 수많은 댓글이 갖가지 SNS와 커뮤니티에 달렸다.

남성 유저가 많은 한 커뮤니티에는 이런 댓글이 달렸다.

- 정말 추잡하다. 여자들의 바람기란···. 남편을 현금지급기로 삼고 정신적 스트레스니 어쩌고 하면서 한의사와 바람이나 피우다니. 아프다는 건 핑계고 발정 난 짐승이다. 여자들 믿지 마라. 현명하게 비혼을 택해라.

- 결혼하면 인생 골로 가는 거 알지? 이 형아가 말해줄게. 이혼하고 혼자서 집에서 넷플릭스 보면서 소주 한잔이 얼마나 큰 낙인지 아냐? 돈 벌어오라 난리 치는 마누라 안 보니 아주 좋다. 성욕은 그냥 알아서 해결하면 돼. 원래 인간은 혼자서 살아도 외롭고 가족과 살아도 외로운 거야. 대신에 저렇게 이용당하면 그건 그냥 사육 가축이 되는 거다. 알았냐?

반면 중년 여성들이 많은 사이트에는 이런 댓글이 달렸다.

- 어김없이 오늘도 불륜녀 미친년 한 명 나와서 나라를 뒤흔드네요. 정말 신상이 털려야 됩니다. 누구 해킹할 분 없으세요? 우리 남편이 의사라서 더 화가 납니다. 이 글 보고 도라이 같은 것들이 진료실에서 함부로 덤비는 거 아닌가요?

이외에도 여러 사이트에 여러 댓글들이 달렸다.

- 불륜녀, 상간녀 위자료 청구 소송하는 법. 메일로 자세히 알려드립니다. 우리 변호사 사무실에서는 친절한 안내는 물론, 전화 상담비는 따로 청구하지 않습니다.

- 상간녀는 돌로 쳐죽여도 무방하다. 왜냐? 내가 피해자인데 그들은 얼굴에 철가면을 쓴 악마들이다. 제 얘기 좀 들어보세요. 자유게시판에 아이디 '짬짜라'로 올려볼게욧. 링크 남길게요~

삼 일 후, 패피생활 커뮤니티에 두 번째 글이 올라왔다.

제목: 저는 불륜하는 사람입니다 2
아이디: 병원 쇼핑 환자
조회수: 100376

저는 며칠 전에 한의사와의 불륜을 폭로한 글로 화제가 된 사람입니다. 너무도 많은 조회수와 댓글과 여기저기 퍼 날라져서, 원글을 내리려 했지만 이미 소용이 없습니다. 다른 데에 너무도 많이 퍼졌어요. 사실은 제가 가장 괴로운 건 그 한의사 선생님은 아무 죄도 없다는 겁니다. 그 글 이후, 여러 군데 한의원이 추정돼서 여러 선생님이 전화 폭탄을 받고 피해를 입었다는 걸 인터넷 기사로 봤습니다. 정말 그 어떤 병원도 아닙니다. 지역도 나이대도 틀려요.

사실… 저는 정말 불륜을 하나만을 행한 게 아닙니다. 너무도 무섭습니다. 저는 정말로 사라져야 하는 사람일지 모릅니다.

전 병원을 쇼핑하는 사람입니다. 제 아이디처럼 평일에 직장이 끝나고, 주말에는 되는대로 이 병원 저 병원을 예약하거나 예약 없이도 찾아갑니다. 한의원뿐 아니라 피부과, 성형외과, 내과, 정형외과, 신경과, 정신과… 다양하게 갑니다. 주 육 일을 거의 갑니다.

그런데, 저… 사실 이 말을 안 하면 죽을 것 같아서 털어놓습니다. 전 성형외과 선생님하고도 토요일 선생님 진료가 끝나는 날에 관계를 가집니다.

정말 처음에는 기미가 많아서 레이저 토닝을 20회 백만 원을 주고 끊어놓고 일주일에 한 번 토요일마다 마지막 타임에 가서 시술을 받았습니다. 사람이 아주 많이 오는 데는 아니지만 의사 선생님이 정성을 다해 시술해주는 곳입니다. 그분이 어느 날 이렇게 편하게 말하셨어요.
"누나, 이제 화장 끊어. 그러다 얼굴 기미가 더 생겨."
어느덧 저도 반말을 슬슬 하다 직원도 모두 퇴근한 그 토요일, 마침 휴일이 끼어 장기 휴가를 간 사람들이 많았던 그날, 우리는 키스를 나누게 되었어요. 레이저를 하고 나서 제가 먼저 선생님 손을 잡았고 누구랄 것도 없이 마침 병원 안에 흘러나오던 조니 스팀슨의 〈Flower〉 노래에 리듬을 타면서 서로 애무를 했죠. 노래는 정동원의 〈가리워진 길〉로 바뀌었지만 우리는 그대로 사랑을 나누었어요. 아, 우리의 사랑이 가리워진 길처럼 가려졌더라면 얼마나 좋았을까요. 저를 욕하지 마세요. 저는 나쁜 사람이지만, 이 죄를 안 털어놓으면 죽을 것 같아 여기서라도 털어놓습니다.
제가 외롭게 혼자 죽어도 아무도 찾지 않는 무연고 장례로 치러지겠지요. 아, 저는 어찌할까요.

이 글이 뜬 이후로 대한민국 SNS, 영상 플랫폼, 각종 커뮤니티들은 모두 난리가 났다. 병원 의사들의 신상을 털어 누가 의심된다는 둥, 불륜녀가 사실은 유명 영화배우라는 둥 각종 엑스파일과 가설과 추정이 카톡방마다 넘쳐났다.

서현경은 오늘도 남편이 하는 ○○성형외과 코디네이터 실장으로 근무하며, 수술 예약 리스트를 보고 한숨을 쉬었다.

남편은 TV나 유튜브에도 종종 출연하는 성형외과 의사. 하지만 나이가 사십 대 중반으로 접어들어 얼굴에 노화 흔적이 엿보이면서 약간 인기가 떨어졌다. 요즘은 성형외과 원장도 엄청나게 잘생긴 청년 의사들이 인기다.

그녀는 인건비를 줄여보고자 과거 간호사 경력으로 남편 병원에서 실장으로 일하면서 직원 관리도 하고 환자 상담을 하지만 매출은 예전만 못하다. 수술을 많이 해야 목돈이 들어오는데, 수술보다는 레이저나 피부과 시술받는 환자들만 주로 드나든다.

사실 병원을 강남으로 무리하게 확장 이전하면서 대출도 크게 받아 이자를 갚아나가느라 힘들다. 아이 없는 딩크족으로 살아 이만하지, 매일매일 이자에 병원 임대료에 힘겹다. 집도 강남으로 옮기느라 전세로 바꿨는데, 전세도 어마어마해서 대출을 받은 게 지금 재정적으로 힘겨운 이유 중 하나다.

여느 때처럼 근무하는데, 김 간호사가 갑자기 웃으면서 이 간호사에게 말했다.

"근데 이 글 말이야. 우리 병원 같지 않아? 원장님, 조니 스팀슨 노래 자주 틀잖아."

"정말? 설마…. 근데 우리도 토요일 마감 환자 한 명 있잖아. 우리 퇴근하고 늦게 나가는."

이 간호사가 히죽 웃으며 말하다가 서현경이 쳐다보자 일어났다.

"저, 수술방 들어갈게요."

서현경은 김 간호사에게 다가갔다.

"무슨 글이요?"

"아, 아니에요. 잠깐 화장실 다녀올게요."

서현경은 김 간호사가 일어나 나가자, 그녀가 보던 태블릿을 터치했다. 패피생활 커뮤니티가 열려 있고, 조회수가 가장 높고 댓글 수가 많은 글이 올려져 있었다.

서현경은 병원 쇼핑 환자가 올린 '저는 불륜하는 사람입니다' 글 두 개를 읽었다. 김 간호사가 들어오자, 얼른 태블릿을 내려놓았다.

서현경은 고개를 갸웃했다. 분명히 토요일마다 직장 퇴근하고 왔다면서 오는 중년 여성 환자가 있었다. 기미 치료를 하고 갔는데, 레이저를 받고 나서 마사지 팩을 올려주고 직원들은 퇴근할 때 되면 퇴근하고, 서현경도 마사지 팩을 떼어주고 요가 수업을 받으러 병원을 나갔다. 남편 말로는 환자가 탈의실서 옷 갈아입고 나가면 마지막에 병원 문을 닫는다고 했다.

서현경은 다급하게 차트를 찾았다. 환자 이름은 이정연이다. 병원에 주로 필러나 보톡스 주사, 레이저 등의 미용 시술을 받으러 온다. 차트를 보니 이정연은 기미 치료 레이저를 그간 10회 받았고 10회가 남았다.

매주 토요일 세 시에 와서 네 시까지 병원 끝나는 시간에 남편 혼자 있을 때 집에 갔을 것이다. 서현경도 일이 있어 퇴근하면 알아서 팩을 떼고 나간 적도 있었다.

불륜 글에 있는 노래들은 남편이 병원에서 자주 듣는다.

이정연 차트에서 나이를 보니 남편보다 세 살 위다. 두 번째 글 중간에 '누나'라는 단어가 걸렸다. 서현경은 뭔가 찜찜했다.

그날 밤, 서현경은 장을 보고 집에 아홉 시 반에 들어왔다. 남편이 야간진료가 있는 날은 서현경은 먼저 퇴근하고, 남편은 늦게 집에 돌아와 알아서 저녁을 먹는다. 신발을 보니 남편이 들어와 있었다.

사십 평대 아파트는 방이 네 개였다. 각자 두 개씩 쓰면서 서현경은 하나는 침실, 다른 하나는 옷과 책상과 컴퓨터를 두었다. 남편 이수중도 하나는 침실 그리고 다른 하나는 서재로 썼다.

신혼 이 년간만 같이 침실을 썼고 그 이후는 따로 잔다. 서현경은 밤에도 책을 보고 싶어 하고, 남편은 게임이나 유튜브나 영화를 보고 싶어 한다. 그래서 지금까지 각방을 쓴다.

서현경은 세탁소에서 배달된 와이셔츠를 가지고 남편의 침실로 들어갔다. 남편이 안마의자에 앉아서 휴대전화를 들여다보고 있었다. 옷장을 열어 셔츠를 걸었다.

"여보, 이 넥타이 뭐죠?"

남편에게 구찌 브랜드의 민트색 넥타이를 들어 보였다. 안 보이던 게 남편 옷장 안에 있었다.

"아 그거? 어떤 환자 분이 선물로 줬어. 별거 아냐. 모르는 환자일걸?"

"누구? 내가 모르는 환자가 어디 있어. 내가 먼저 상담을 하고 수술이나 시술 종류 결정하고 들어가는데."

"아⋯ 이름이 기억 안 난다. 그 왜 나이 든 분들은 성형 잘되면 고맙다고 양주도 들고 오시잖아. 남자 환자야."

서현경은 작게 숨을 내쉬었다.

"알았어."

그가 일어나 방을 나가려는 서현경의 손을 잡았다.

"요즘 많이 신경 쓰이지? 장인어른 돌아가신 지 두 달도 안 됐고. 힘들면 코디네이터 실장 뽑는다니까."

남편은 병원에서 근무하는 뒤부터 그녀에게 립서비스라도 하며 걱정하는 내색을 조금은 했다.

"지금 인건비도 만만치 않잖아. 대출 이자도 어렵고, 아버지 유산도 기대해봤는데 말했잖아. 건물로 담보 대출이 많아서 그걸 정리하자니 건물 팔아도 상속세 내고 그러면 별 도움 되지 않아."

남편은 고개를 끄덕이면서 차분히 말했다.

"어쩌겠어. 그래도 장인어른이 우리 집 살 때 도와주셨잖아. 그거 팔아 강남에 전세로 왔지만. 혹시 예민해지면 불안장애약을 늘려봐. 스트레스 많이 받으면 안 되잖아."

서현경은 알았다고 수긍했다.

"그래, 고마워."

서현경이 정신과를 주기적으로 다니면서 불안장애약을 먹는 건 남편도 잘 안다. 친정엄마가 삼 년 전에 갑자기 심장마비로 가셨을 때, 서현경은 견디기가 힘들어 정신과 진료를 받고 약을 먹었다. 그러다 괜찮아지는가 싶었는데, 이번에 아버지가 돌아가시고 다시 진료를 받았다. 친정아버지는 사업이 번창해서 재력이 있었고, 강북에 아파트와 첫 병원 개원할 때도 도움을 받았다.

그들 부부는 딩크로 살기로 했고, 최근 이 년 동안 병원에서 코디네이터 상담실장과 원장으로 같이 근무하면서 직원들 관리와 환자들 서비스를 해왔다. 둘 다 성격이 차분한 편이라서 싸우는 일도 거의 없었다.

하지만 최근 병원을 확장해 강남에 개원하면서 대출 이자 등에

스트레스를 받자, 대화 없이 지내는 기간이 길어졌다. 남편은 아주 가끔 걱정된다고 했지만 그뿐, 같이 정신과에 가준 적은 없었다.

집 안에 같이 있어도 같이 식탁에 앉지 않았고, 남편은 혼자 밥을 조용히 차려 먹고 서현경은 나가서 한 끼 사 먹었다. 그렇지만 절대로 서로에게 싫은 소리나 싸움을 걸지는 않았다. 알아서 차려 먹고, 알아서 장을 보아 냉장고에 넣고, 각자 알아서 운동을 하면서 다른 헬스클럽에 다녔다. 그렇게 살아온 지 꽤 되었다.

대화가 거의 없는 관계가 되었지만, 남편이 바람을 피워 가정 내에 리스크를 두는 건 별개의 문제다. 그건 좀 생각을 해봐야겠다는 결심이 섰다.

토요일, 서현경은 요가 수업을 취소하고 병원에서 이정연이 오기를 기다렸다. 하지만 그날 그 여자는 오지 않았다.

그리고 월요일 전화가 왔다. 레이저 치료 횟수 남은 걸 돈으로 환불받고 싶다고 했다. 서현경이 달래면서 다른 시술로 대체하라고 했지만, 이사 간다면서 부득이하게 통장 계좌를 남겼다.

그런데 그날 오후 이정연이 다시 전화를 걸어와 취소는 하지 않는다고 말했다.

서현경은 정말 이상하단 생각이 싸하게 들었다.

그날 서현경은 퇴근 후 남편을 미행하려 했지만 포기했다. 일단 서현경의 차종과 차 번호를 남편이 알고 있으니 무리였다. 대신에 인터넷에서 얻은 '남편이 바람피우는지 알아내는 방법'을 참고해서 조수석 위의 거울을 꽉 닫아놓고, 뒷좌석 아래에는 손수건을 하나 흘려놓고, 티슈를 조수석 의자 바닥에 두려고 마음먹었다. 만약 누군가 조수석에 타서 거울을 본다면 거울 덮개가 열렸던 흔적이 남을 것이다. 그리고 조수석이나 뒷좌석의 손수건이나 티슈를 치우거나 바닥에 떨어뜨릴지 모른다. 서현경은 주차장으로 내려가 남편의 차 보조키로 문을 열어 블랙박스를 정지시키고 이러저러한 함정을 파두었다. 그리고 다시 블랙박스를 켰다.

이제 토요일 밤이나 일요일에 장 보러 간다거나 운동한다며 아파트 주차장에서 남편의 차를 확인하면 된다.

며칠이 지났다. 퇴근하고 서현경만 집에 왔고 남편은 어딘가 가서 오지 않았다. 시간은 벌써 열한 시. 서현경은 TV에 나오는 유명 상담학 박사가 말하는 정서적 이혼 테스트를 유심히 봤다. 박사는 열 개의 문항을 주었다.

1. 하루 대화 시간 십오 분 이하다.
2. 잠자리가 한 달에 한 번을 넘지 않는다.
3. 외출한 배우자가 언제 집에 들어오는지 관심이 없다.
4. 집에서 재미가 없다.
5. 솔직히 배우자가 없었으면 좋겠다.
6. 배우자에게 정서적으로 친밀한 이성이 있다.

서현경은 마음으로 하나둘 동그라미를 쳐봤다. 그러다 6번 '친밀한 이성'에서 주춤거렸다.

그러던 중에 도어록이 열리는 기계음이 났다. 남편이다. 서현경은 일어나 안방 화장실로 들어갔다. 남편은 현관문에 가까운 자신의 침실로 들어가 버렸다. 서현경은 나와서 큰 소리로 물었다.

"배 안 고파? 나가는 김에 뭐 사다 줄까?"

"아니, 됐어. 먹었어."

서현경은 오늘 남편이 왜 늦게 들어왔는지 묻지 않았다. 남편이 집에 들어오든지 말든지, 퇴근 후 어디 들러 늦게 오는지 물어보지 않은 것도 꽤 오래됐다.

서현경은 남편의 차 보조키를 들고 집을 나서서 아파트 지하 주차장으로 갔다. 차 문을 열고 들어가서 조수석의 거울을 살폈다. 열린 흔적은 없다. 손수건도 그 자리에 있다.

다만 티슈만 차 문 안쪽 포켓에 들어가 있다. 누군가 치운 건가? 아니, 꼼꼼한 성격의 남편이 집어넣은 것일 수 있다. 혹시 일부러 티슈를 여기다 둔 건지 오해는 하지 않았을까?

서현경은 블랙박스를 켜봤다. 앞으로 돌려 화면을 확인했는데 별다른 이상은 없었다. 생각해보면 만일 여자가 차량을 가진 경우 이 차에 올라탈 필요는 없다. 서현경은 주차장을 걸어나가서 편의점에 가서 과자와 음료수를 사 와서 냉장고에 넣었다.

월요일, 그녀는 병원에 출근해 이정연에게 문자를 보냈다.

병원에 새로운 리프팅 레이저 기계가 들어왔습니다. 할인 안내를 드립니다. 병원에 방문해 문의해주세요.

보통은 월 평균 백만 원 이상 쓰는 VIP 고객에게 홍보로 보내는 문자였다. 이정연에게 보내고 그녀가 관심이 생겨 언제고 오기만을 기다렸다.

토요일, 이정연이 와서 마지막 타임으로 레이저 시술을 받았다. 서현경은 퇴근을 먼저 하고 여느 때처럼 남편만 남았다. 서현경은 레이저 시술실에 미리 휴대전화에 동영상 촬영 기능을 켜서 숨겨 두었다. 그리고 이정연에게는 오늘 급한 일이 있어 팩은 못 떼어드린다고 양해를 구했다. 이정연은 걱정 말라고 본인이 팩을 시간 맞춰 떼고 나간다고 했다.

서현경은 근무복을 갈아입고 병원을 나왔다. 그리고 병원이 있는 건물 1층 화장실에서 옷을 새로 산 티셔츠와 바지로 갈아입었다. 보통 잘 입지 않는 칙칙한 색 옷들이라, 아마 남편은 못 알아볼 수 있다.

서현경은 환복한 후 주차장으로 가서 남편 차 앞에 미리 렌트한 차 속에서 숨어 기다렸다. 자신의 차에 숨으면 남편이 번호를 보고 알아챌까 싶어서였다. 그러나 한참을 기다려도 남편은 오지 않았다.

혹시 남편이 헬스클럽에 걸어갔다면 주차장에 오지 않을 수도 있겠다 싶었다. 서현경은 부랴부랴 1층으로 갔는데, 마침 이정연이 엘리베이터에서 내려 건물을 나가는 게 보였다. 얼른 그녀를 미행했다.

이정연은 전철역에 있는 백화점 지하로 들어갔다. 밥이라도 사 먹는 건가? 남편을 거기 식당에서 만나는 건지 의심이 꼬리를 물었다.

이정연은 지하 닭칼국수 식당으로 들어가 주인에게 인사하더니 주방으로 들어가 검은 티셔츠로 갈아입고 앞치마를 두르고 나왔다. 서현경은 가게 앞을 지나가듯 슬쩍 봤는데, 홀 서비스를 담당하는 오후 직원이 분명했다.

　서현경은 고개를 갸웃했다. 남편과 이정연은 아무 관계도 없는 걸까?

　서현경은 백화점이 끝나기를 기다렸다가 이정연이 퇴근하는 걸 미행했다. 전철역 안에 있는 아이스크림점으로 그녀가 들어갔다. 서현경은 밖에서 마스크를 쓰고 모자를 깊이 눌러쓰고 기다렸다.

　잠시 후 남편이 아이스크림점으로 들어가 이정연 앞에 앉았다. 그 둘은 삼십여 분간 이야기를 나누었다. 이정연의 얼굴에 묘한 미소와 설렘 그리고 두려움이 가득했다. 남편은 담담하고 진지한 얼굴이었다.

　서현경은 더 볼 수가 없어 그냥 백화점으로 갔다.

　남편은 집안에 화근을 가져왔다. 모른 척하기에는 리스크가 무척 크다. 환자와 바람을 피운 것도 모자라, 여자가 인터넷에 올린 글은 조회수가 너무 높고 지금 그 병원이 어디인지 찾고 있는 사람들이 병원을 추측하고 있다.

　자칫 잘못하다 병원 문을 닫을 수 있다. 관여해야 한다. 이대로 둘 수 없다. 서현경은 너무도 화가 났다. 보복하고 싶은 마음이 들었다. 1층으로 올라갔는데, 기분이 불안과 흥분으로 날뛰었다. 화가 났다. 무작정 수입 화장품 매장으로 들어갔다.

　"이거 블러셔 얼마예요?"

　"십이만 원이요."

　"하나 주세요."

　평소 비싸서 못 사던 브랜드다. 절약하는 습관이 어려서부터 배어 화장품이나 옷을 백화점에서 사는 건 항상 망설였다.
"손님, 이 제품은 조랑말 털 블러셔 전용 붓으로 터치하셔야 돼요."
조랑말 털 전용 붓은 십만 원이었다.
"그것도 주세요."
"오늘 삼십만 원 이상 구매하시면, 더블 포인트 적립에 립스틱을 하나 더 드려요."
서현경은 삼십만 원 이상 제품을 사서 보너스 립스틱까지 받아 들고 나왔다. 열불이 났다. 하지만 이깟 충동구매로 풀릴 일이 아니다. 집에 와 진료실에 감춰둔 휴대전화가 생각나 부랴부랴 병원으로 갔다. 휴대전화 영상을 봤지만, 시술 후 아구 일도 없었다.

며칠간 서현경은 이 문제로 고민하고 있던 중이었다. 자신이 잠깐 화장실 간 사이 간호사가 안면 거상술 예약전화를 대신 받았다. 안면 거상술은 얼굴에 생긴 주름을 당겨주는 수술로, 측두부 귀 뒤쪽으로 들어가는 절개선이나 이마 헤어라인을 따서 절개해 피부를 박리해 당겨서 봉합하는 수술이다.
예약환자 이름은 이정연이고, 그 동생 이상연이 같이 수술을 받겠다고 했다. 혹시 동명이인인가 싶어 차트의 휴대전화 번호를 확인하니 그 이정연이 맞았다.
서현경은 이정연에게 전화를 걸었다. 이정연은 예약 날짜를 확정 짓고, 주의사항을 들은 뒤 병원 계좌로 수술비를 전액 입금하기로 했다. 일이 바빠서 수술 전에 상담은 하지 못하고 수술 당일에 올 수 있다고 했다. 서현경은 이 상황이 참 아이러니하지만 거상술은 무척 비용이 커서 병원 재정에 큰 도움이 된다. 어떻게든 수술을 하게 하고 비용을 전액 받는 게 중요했다. 공과 사를 구분하기로 맘을 먹었다. 입금하기로 한 날, 이정연은 전액을 입금했다.

수술 날이 다가왔다. 이정연의 동생 수술을 먼저 진행하기로 했다. 이정연은 동생 수술 다음 날로 수술을 잡았다. 일해서 거상술의 수술비를 벌었을까? 거상술은 전신마취에 수술시간만 해도 네 시간 이상 걸리는 큰 수술이다. 게다가 마취 담당 의사를 미리 섭외하는 복잡한 수술이다. 이정연 자매에게는 현재 입원실이 자리가 없어 근처 호텔을 예약해주고, 다음 날 일찍 병원에 오게 세팅했다.

남편의 거상술 실력은 이름이 나 있었고 연예인 몇몇도 받았다. 최근에 근처 병원 젊은 의사들이 잘한다는 소문이 나서 수술 예약 환자는 줄었지만, 그래도 입원환자가 몰리면 오늘처럼 자리가 없었다. 워낙 입원실이 적었고 담당 간호사가 적어 호텔에 묵게 하기도 했다.

이정연과 동생의 수술비를 합치면 이천이 넘었다. 쉽게 마음먹고 할 수 있는 수술은 아니다. 하지만 얼굴 나이를 젊어 보이게 하는 효과가 가장 큰 수술이다.

이정연의 동생 수술 당일, 서현경은 손을 소독하고 수술복으로 갈아입은 뒤 잠시 남편이 수술하는 수술실을 방문했다. 남편에게 최고 VIP 손님이 진료 예약을 급히 하고 온다는 말을 전하기 위해서였다. 그 손님은 무조건 의사가 진료를 세심히 봐주면, 기본으로 오백만 원 이상의 수술을 예약하고 갔다.

서현경은 수술실에 들어가 이정연의 동생을 내려다보았다. 마취약을 빨리 들어가게 링거 호스를 열어주면 어쩌면 응급상황이 생길지 모른다. 아니 회복실에서 회복이 더뎌 이정연이 깜짝 놀랄지 모른다.

서현경은 마취약이 들어가는 링거 호스를 잠시 잡았다. 수술하는 남편도 어시스트 하는 간호사들도 모르고 있고, 마취과 의사도 심전도 계기판을 보느라 모른다. 서현경은 호스를 잡은 손을 꽉 쥐었다 풀고 그대로 수술실을 나갔다. 마취과 의사가 심전도가 변하는 걸 체크하더니 마취약 들어가는 링거를 살폈다.

그녀는 속으로 이렇게 되뇌었다.

'동생은 죄가 없다. 내일 수술실에 다시 들어가면 된다.'

로비로 가는데, 이정연이 사색이 된 얼굴로 동생의 수술 경과를 물었다.

"실장님, 괜… 괜찮을까요? 내일 수술받는 게 무서워요."

서현경은 업무적 미소를 지었다.

"그럼요, 안전한 수술입니다. 이따가 라미 호텔 503호로 두 분 같이 들어가실 수 있게 예약해뒀습니다. 간호사가 연락드렸죠?"

"네."

"자정부터 내일 아침까지 물도 드실 수 없고요. 동생 분은 내일 경과를 체크하고, 이정연 님은 수술 오전 일찍 바로 들어갈 겁니다."

이정연은 걱정스러운 눈으로 고개만 끄덕였다. 서현경은 이정연의 니트 밖으로 드러난 가슴 굴곡을 보았다. D컵 정도. 자신보다 두 컵 더 컸다.

'의사들은 재혼할 때 꼭 전처보다 가슴 큰 여자와 한대.'

예전에 지역 의사협회 부인회 모임에서 한 여자가 한 말이다. 모두 깔깔대며 자신의 가슴을 내려다보았다. 기분이 이상하게 더러웠다. 남편에게 마음이 떠나고 몸도 떠난 지 오래인데, 이렇게 당할 순 없다는 생각이 들었다. 정말로 둘이 사귄다는 게 확실하면 이 복수를 어떻게 해주어야 할까.

내일은 이정연의 수술 날이다.

그날 밤, 서현경은 이정연과 동생이 묵는 호텔에 방문했다. 성형외과 실장으로 당연히 해야 할 일이다. 수술 당일은 얼굴이 보름달처럼 부풀어 오르고, 피를 받는 주머니를 차고 있게 된다. 이정연의 동생은 침대에 수건과 방수포를 깐 위에 누워 진통제에 취해서 자고 있었다. 얼굴이 온통 부풀고, 헤어라인 절개 부분에는 검은 두꺼운 실이 박혀 있고, 얼굴에는 붉은 멍이 가득하다. 피 주머니에 피고름이 절반 차 있다. 서현경은 피 주머니를 교체해주면서 메모지에 전화번호를 써주었다.

"제 개인번호입니다. 야간에는 이 번호만 받아요. 정말 무슨 일 생기면 연락주세요. 근처 대학병원 응급실로 가야 합니다."

이정연이 눈을 크게 떴다.

"네? 이보다 더 심해질 수 있다고요?"

"물론이죠."

"원장님 말로는 안전하다고 해서…."

"만에 하나 위급할 때를 예방하는 겁니다."

이정연이 사시나무 떨듯 떨다가 입을 뗐다.

"저 수술 안 받으면 안 될까요?"

서현경은 고개를 저었다.

"이미 원장님 시간을 빼둔 상태라서 환불은 안 됩니다. 수술 전 동의서에 조항 있는 거 확인하셨잖아요? 수술 포기하셔도 환불은 절대 안 됩니다."

"그, 그건…."

"꼭 수술 받으세요. 그래야 저희도 마음이 편하고, 모든 게 순조롭죠. 변심에 의한 환불은 안 됩니다. 수술 안전하다니깐요. 보세요. 이렇게 지금은 안정을 취하고 주무시잖아요."

이정연의 입술이 파르르 떨렸다.

"너, 너무 무서워요. 이렇게 얼굴이 부풀고 멍투성이고…."

"멍은 한 달 동안 서서히 빠져요. 일상생활은 이 주면 충분히 가능하고요. 얼굴 피부가 십 년 전으로 돌아가고 싶지 않으세요? 내일 새벽에 여기로 올 테니까 제 차로 이동하시죠."

서현경은 가학적인 마음이 들었다. 수술을 반드시 받게 해주리라 마음먹었다. 이정연은 아예 두 손으로 비는 시늉을 했다.

"살, 살려주세요. 서현경 실장님."

"제 이름, 어떻게 아세요?"

이정연이 파랗게 질린 얼굴로 서현경을 바라봤다.

"내 본명 어떻게 알아요? 병원에선 가명 이름표 다는데."

그녀는 '이미소 실장'이라는 가명을 썼다. 가명을 쓴 지 좀 되었다. 서현경은 뭔가 촉이 왔다. 분명 남편과 관계가 있다.

"이, 이 수술 안 할 수 있게 해주시면 진실을, 말씀드릴게요."

이정연은 거상술로 얼굴이 빨갛게 멍이 들고 커다랗게 부푼 동생의 얼굴을 어루만지면서 눈물을 흘렸다.
 "저 사실 원장님이 먼저 제안을 하셨어요. 제가 미백 레이저를 6회차 받고 나서 팩하고 마사지실에 누워 있는데, 원장님이 말씀을 주셨어요. 병원 문 닫고 잠깐 커피 마시자고 하셨죠."
 서현경은 온몸이 떨려왔다.
 "도와달라고 하셨어요. 아내가 이혼을 요구할 수 있게끔…. 그때 처음으로 실장님과 원장님이 부부인 것도 알았어요. 정말 저는 아무 생각 없었는데, 도와달라고 하셔서요. 바… 바람피우는 것 같은 상황만 만들면 됐대요. 근데 상의하느라 몇… 몇 번 전철역 아이스크림점에서 커피 마신 게 다예요. 절… 절대 아무 관계 아니에요."
 이정연은 덜덜 떨었다. 서현경은 괜찮다고 안심시켜주면서 계속 말해보라고 재촉했다.
 "언젠가 원장님께 동생과 제가 사십 대 넘어가서 얼굴이 처지니까, 거상술 해보고 싶은데 비용이 부담스럽다고 말한 적 있었는데, 우리 둘 완전히 무료로 해줄 테니 레이저 시술을 토요일 늦은 시간에 받고 병원 문 닫고 같이 나가는 걸로 하자고 하셨어요. 이상해서 제가 자초지종을 물었는데, 사실은 진심으로 이… 혼을 하고 싶다고요."
 이정연은 눈물을 흘리면서 연신 죄송하다고 했다. 그리고 서현경의 손을 잡고 미안하다고 빌었다.
 그녀의 말에 따르면, 남편은 섹스리스인 건 물론, 부부간의 정도 없고, 장인어른의 유산을 감추고 제대로 말하지 않은 데도 분노했다는 것이다. 그래서 자매 둘의 수술을 다 무료로 해줄 테니 상황만 맞게 도와달라고 했다는 것이다. 그러면 아내가 자신을 의심할 테고, 상황이 심각해지면 의부증으로 몰아서 정신병적인 약점을 잡고 거기 덧붙여 자신은 유산을 숨긴 데 불만을 제기해 맞소송해서 이혼할 것이라고 했다. 이정연은 처음에 부담스러워서 하지 않겠다고 하고 레이저 시술도 환불받으려다가 얼굴 때문에 하소연하는 동생을 봐서 마음을 단단히 먹고 남편의 제안을 받아들였다는 것이었다.

"원장님이 이렇게 말씀하셨어요. '아내가 자존심이 세서, 불륜을 했다고 의심하는 것만으로 이혼을 요구하면 그것도 나쁘지 않다'고요."

남편은 무조건 자신이 먼저 이혼을 요구할 빌미를 만드는 게 목적이라고 했다. 이정연은 서현경 앞에 무릎을 꿇고 빌었다.

"맹세코 원장님과 이상한 사이 아니에요. 불륜 글도 원장님이 올린 거래요. 저는 인터넷에 그런 거 할 줄 몰라요. 하지만 제가 원장님이 시키신 대로 한 건 너무 죄송해요. 저는 그냥 동생 수술비 마련하려고 한 거예요. 어디 식당 취직하려고만 해도 얼굴 보잖아요. 저는 그냥 좋은 데 취직하고 싶어서, 동생도 이쁘게 수술해주고 싶어서 그런 거예요. 제발 용서해주세요."

"거짓말! 당신들 수술비도 이천 넘게 냈잖아! 당신 이름으로 입금했잖아!"

"그, 그건 원장님이 부쳐준 돈을 그대로 병원 계좌로 보낸 거예요."

이정연은 휴대전화의 은행 앱을 열어서 남편 이수중이 입금한 거래 내역을 보여주었다. 그 돈은 그대로 병원 계좌로 이체한 흔적도 있었다. 서현경은 몸이 후들거렸다.
"절대로 불륜 같은 건 안 했어요. 전 수술받고 싶어서 도와드렸지만 너무 죄송했어요."
이때 이정연의 동생이 아, 하는 신음을 내면서 눈을 뜨고 잠에서 깨어났다. 이정연은 동생에게 다가가 살폈다. 서현경은 놀라움과 충격에 TV 앞 테이블 의자에 앉아서 눈을 감고 얼굴을 두 손으로 감추고 한참 있었다.
남편은 이혼을 원해서 이런 간계를 꾸미고 자신을 덫에 빠지게 한 것이다. 왜 그랬을까. 차라리 그냥 이혼을 하고 싶다고 하지.
하지만 서현경은 무척 이성적인 부부의 사이에서 게다가 같이 근무하는 처지로서 서로가 먼저 이혼을 꺼내길 바라는 그 마음을 알 수 있었다.
그랬다.
서현경도 무미건조하고 마음속 말을 아무것도 털어놓지 않는 이 관계에서 해방을 원하지만, 이혼하자는 말은 선뜻 꺼내기 쉽지 않다. 게다가 양 부모가 모두 돌아가신 상태에서 이혼하자고 말하는 자신이 남들 눈에 비열하게 비칠 것으로 생각되기도 했을 것이다.
서현경은 알았다고 하고 이정연과 동생에게 인사하고 일어났다. 이정연이 눈물을 닦고 다가와 서현경에게 말했다.
"저는 수술 안 받을게요. 내일 동생이랑 같이 여기를 떠날게요. 저희 집 근처 병원으로 옮겨서 상처를 소독하고 실밥도 풀고…. 다신 병원에 안 갈게요. 죄송합니다. 원장님께는 제가 한 말 그대로 전하지 말아주셨으면 해요."

서현경이 차분하게 말했다.

"그래요. 다 말씀해주셨으니…. 이렇게 된 이상 저도 더 책임은 안 물을게요. 대신 정말 겁이 나서 수술 안 받은 걸로 하시고, 오늘 저한테 한 말은 없던 일로 해요. 원장님께는 아무 말 하지 말고요. 만약에 원장님한테 오늘 일을 말하면, 저도 가만있진 않을 거예요."

이정연은 고개를 연신 숙이면서 다짐했다.

"원장님께는 절대 한 마디도 안 하고, 그냥 내일 아침 떠날게요."

서현경은 호텔 주차장으로 가서 차를 몰고 집으로 돌아왔다. 남편은 피곤했는지 남편 방 불은 꺼져 있었다.

다음 날 오전 일찍 출근하려고 준비하던 남편이 물었다.

"거상술 받은 환자 어젯밤에 가서 좀 들여다봤어? 어때?"

"괜찮았어요. 근데 그 언니분, 이정연 환자는 겁이 나서 수술 미루고 싶다고 하던데."

"그래? 그래도 수술비는 환불 안 된다고 서명까지 했는데 설마 미루겠어?"

"알아볼게요."

출근하면서 호텔에 전화해보니 자매는 이미 체크아웃한 뒤였다. 병원에 도착하자마자 간호사들이 이정연 환자가 전화해서는 수술을 취소했다고 했다. 동생의 나머지 치료는 다른 곳에서 받기로 했다고도 했다.

서현경은 병원 프런트에서 잠시 눈을 감고 과거를 돌이켜봤다. 남편은 알고 있었다. 자신이 친정아버지 유산 중에 현금 30억을 인출해 상속세를 내고 몰래 숨겨둔 걸 그는 알고 있다. 서현경은 상속 재산을 세무사 등과 처리하면서, 남편에게는 현금은 일체 없고 건물은 담보 대출이 많아 팔고 상속세 내고 얼마 남지 않으니 병원에 투자하거나 대출을 갚을 돈은 없다고 말했다.

그런데 남편은 재산을 숨긴 걸 눈치챈 것이다. 아마도, 자신이 화장실 들어간 때 휴대전화를 어떻게든 풀고 상속 관련 톡을 세무사와 주고받은 걸 봤을지 모른다. 집 노트북 이메일이 로그인 상태이니 그걸 봤을지도 모른다.

그 돈은 지금 현금으로 인출해 경기도에 있는 물류창고에 보관했다. 남편이 혹시 어떤 경로로든 현금을 알아낼까 두려워서였다. 그만큼 둘 사이는 이미 신뢰가 깨지고 육체적인 사랑을 나눈 적도, 정신적으로 서로 허심탄회하게 이야기를 주고받은 적도 없다. 최근에는 싸운 적도 분노를 터뜨린 적도, 같이 거실에서 밥을 같이 먹은 적도, 영화를 본 적도 없다. 오로지 병원에서 원장과 실장으로 근무를 한 것뿐이다. 그녀는 그렇게 돈을 감춰두고 불안이 심해져 약을 먹은 것이다.

서현경은 그날도 병원에서 업무를 보았다. 수술을 예약한 손님 몇에게 전화를 걸어 예약 날짜를 확인하고 잔금 입금을 독려했다. 그리고 신규 손님이 오자 상담을 해서 몇 명에게 필러와 보톡스와 레이저 시술을 권했다.

그렇게 여느 날과 다름없는 며칠이 지나고 서현경은 드디어 결심했다. 이제는 자신이 남편에게 당한 걸 되돌려주어야 하는 때가 왔다. 그렇게 마음먹고 잠시 침대에서 쉬는데, 남편의 목소리가 문

밖에서 들렸다.

"괜찮아? 나 들어가도 돼? 이 방 옷장에 둔 가습기 내 방에서 켜고 싶어서."

"가지고 나가."

이수중은 서현경이 침대에 누워 있자 걱정하듯 다가왔다.

"어디 안 좋아?"

"어, 약 먹었어. 괜찮아지겠지. 두통도 있고 토할 것 같은 느낌도 좀 있어서."

서현경은 꺼내려고 마음먹은 말을 꺼냈다.

"요즘 인터넷에 병원 원장 꼬셔서 불륜하는 여자 글이 있대. 당신도 혹시 그런 건 아니지?"

이수중은 서현경의 두 팔을 붙들고 사정하듯이 말했다.

"설마 내가 그러겠어? 자기, 장인어른 가시고 나서부터 힘들어하네. 불안증이 심해지는 것 같은데, 좀 쉬어야 해."

"아, 어지러워. 혼자 좀 쉬고 싶어."

서현경은 어지러운 척했다.

"그래. 쉬어."

남편이 방에서 나간 후, 서현경은 입가에 올라오는 씁쓸한 미소를 감출 수 없었다. 남편이 가증스럽게 느껴졌다.

'놀고 있네. 나 이정연한테 다 들었어, 수술 포기하고 가기 전에 나한테 털어놨어. 네가 날 속인 거.'

서현경은 이 말이 입에서 맴돌았다. 절대로 꺼낼 수 없는 말. 가장 완벽한 순간의 한 방을 위해서, 지금 섣부르게 먼저 꺼낼 수 없었다.

'기다려. 복수해줄게.'
 서현경은 오픈채팅방을 열었다. 불륜하는 기혼자들이 자주 드나드는 방을 여럿 눈여겨보던 중이었다. 그중에 여러 방을 들락날락하다 회심의 미소를 지었다. 바람에는 맞바람, 눈에는 눈, 이에는 이가 적당하다.

2

남편의 세계

이수중은 아내 서현경이 죽이고 싶도록 미웠다. 하지만 살인을 저지르면 자신만 손해다. 어차피 부부관계도 없고, 서로 병원에서 일할 때 업무 대화만 나누지, 집에서는 거의 마주치지 않는다. 가끔 불안장애를 걱정하는 척만 한다. 마음을 들키지 않아야 하니까.

'나쁜 년.'

장모 갈 때는 재산이 장인에게 상속돼 넘어갔겠거니 했는데, 장인 가고도 재산이 모두 빚이라 없다고 했다. 장인이 자랑처럼 몇십 억이라던 돈은 다 어디로 날아갔는가.

병원은 대출 빚에 허덕였다. 아무리 광고와 홍보로 날뛰어도 받을 수 있는 환자는 정해져 있고, 요즘에는 주변에 젊고 실력 있는 의사들이 늘어 좀체 신규도 오지 않고 단골도 빠져나가고 있다. 종종 불러주던 TV와 유튜브도 줄었다. 실력과는 무관한, 어쩔 수 없는 일이다. 조금만 더 버티면 되는데.

아내는 코디네이터 실장 일을 하며 이런 병원 사정을 뻔히 알면서도 자신의 앞에서 뻔뻔하게 거짓말을 늘어놓는다.

이수중은 아내가 샤워하는 동안 몰래 휴대전화를 열어보았다. 비밀 패턴은 아내가 평소 휴대전화를 병원 프런트에 놓고 쓸 때 본 적 있어 안다. 대문자, 'Z'이다. 이수중은 빠르게 패턴을 풀어서 안에 있는 문자와 톡을 점검했다.

그중에 세무사 사무소 실장과 나눈 톡이 눈에 띄었다.

실장님, 돈을 통장에 보관하면 드러나잖아요. 드러내기 싫은데 어떻게 하죠?

글쎄요. 제가 아는 분은 물류창고 빌려서 보관하거나, 아니면 금을 사서 집 안 금고에 넣어두신 분도 계시긴 해요.

아내는 형제가 없다. 고로 모든 걸 상속받고도 숨긴 것이다. 물류창고? 금괴? 기가 차서 말이 안 나온다.

왜 그렇게 숨기려고 하는 것인가. 모든 것은 남편인 자신에게 상속 재산이 드러나는 걸 원치 않아서다. 그러면서 아내는 "건물도 처분해 상속세와 대출 빚을 갚으면 남는 게 없어"라고 지껄였다.

이수중은 분노에 차서, 서현경이 자는 중에 안방에 몰래 들어가 여기저기 방 안을 뒤져보고 재산을 숨긴 곳을 알아내려 했지만, 별스러운 게 없었다. 아내가 종종 쓰는 가계부 겸 노트에도 흔적이 없었다.

서현경이 곤히 자는 얼굴이 가증스러워 두 손으로 목을 조르고 싶다는 충동을 느꼈지만, 하지만 차마 그러지 않았다. 감옥에 갈 수는 없기 때문이다. 다음 날도 여전히 따로 출근해 병원에서 얼굴을 보고 업무 이야기만 나누었다.

그러던 중 아내 휴대전화를 다시 뒤지니 이런 게모가 있었다.

하남 덕풍동 12길 45, 스마트 임대 물류창고, 031-790-XXXX, #1102

전화를 걸어 아내 이름을 대고 물어봤지만, 본인 아니면 임대 여부를 알려줄 수 없다고 했다. 본인이라 할 수도 없는 게, 주민번호가 남겨져 있다면 목소리로 남자인 게 드러난다. 섣불리 행동할 수는 없었다.

이수중은 휴일에 덕풍동 물류창고를 가서 조사했다. 컨테이너와 창고들이 많아서 헤맸다. 간신히 팻말을 보고 찾아서 #1102 컨테이너를 찾았다. 하지만 자물쇠는 삼중으로 잠겨 있었다. 마침 관리인이 다가와 이름을 묻자 일단 조용히 둘러대고는 집으로 돌아왔다.

마음 같아서는 아내를 죽이고 싶지만, 그렇게 할 수 없다. 어떻게 해야 장인의 재산을 손에 넣고 아내를 내 삶에서 쫓아버릴 수 있을까.

방법은 하나. 아내가 그냥 떨어져나가게 하는 수밖에 없었다. 이혼한 성형외과 의사는 인기가 없다. 예쁜 여자들을 많이 만나니 여자들에 눈이 팔려서 수술에 소홀한 바람둥이쯤으로 생각하기 때문이라고들 했다. 환자가 떨어져나가게 할 수는 없고, 무조건 아내에게 귀책 사유가 있는 채로 아내가 먼저 이혼을 요구하게 만들어야 한다. 남편인 자신이 피해자가 된다면 고객도 자신을 이혼남이 아닌, 정신이 불안한 악처 때문에 상처받은 불쌍한 돌싱 의사로 여길 것이다.

무조건 피해자가 되자. 아내가 불륜을 의심해 이혼을 요구하면, 아내의 의부증을 강조하고 자신은 피해자 코스프레를 해서 아내에게 귀책 사유가 있다는 걸 명확하게 한 뒤 장인의 유산을 나누게 하면 된다.

그렇게 이정연 환자를 꼬드겨서 일을 진행했는데, 갑자기 거상술을 안 받는다 하고 도망치듯 연락을 끊었다. 어차피 수술비 조로 건넨 돈은 그대로 수술비로 들어왔으니 손해 볼 것도 없지만, 뭔가 이상했다.

어느 날 이수중은 점심시간에 아내가 간호사와 식사하러 나갔을 때, 휴대전화를 두고 나간 걸 발견하고 몰래 원장실에서 열어보았다. 톡에 뜬금없이 오픈채팅방이 몇 개 있었다. 그중 '밤과 친한 남자 여자 모여라' 채팅방 스크롤을 내려보니 낯 뜨거운 말들이 많이 올라와 있었다.

-(공지) 몇 학년 몇 반, 결혼 인증은 필수입니다. 그래야 회원들과 오프에서 만나실 수 있어요.

- 꼭 밤과 친해야 해요? 저는 낮 타임과 친한 신규 회원 박나리입니다♡

아내는 박나리라는 닉네임으로 눈을 가린 결혼 사진을 올려 회원 인증을 받았다. 이게 드디어 미쳤구나 하는 생각이 들었다. 이수중은 얼마 전, 잠이 안 와서 TV를 보다 파격적인 부부의 관계를 그린 드라마에서 이런 류의 오픈채팅방에서 주부들이 유부남들과 바람나는 이야기를 본 게 기억이 났다. 감이 왔다. 아내는 제대로 바람을 피워 의부증의 불안을 역으로 해소하고 있는 게 아닐까 싶었다.

'이런 미친.'

이수중은 욕이 저절로 나오는 걸 참으면서도, 속으로 쾌재를 불렀다. 아내가 바람난 걸 증명하면 재산분할 과정에서 훨씬 유리하다. 아내는 숨긴 유산을 법원 명령으로 정식 제출해야 한다.

이수중은 그날부터 아내의 행동을 눈으로 쫓아다녔다. 병원에서는 일하느라 어디 못 가겠지만, 병원 점심시간에 아내가 휴대전화를 붙잡고 있으면 유심히 보았다. 그리고 가끔 시술이나 수술 중간 짬이 생길 때마다 아내의 행동을 살폈다.

하지만 퇴근 이후에는 각자의 시간을 가지곤 했는데, 이때 섣불리 미행하거나 하면 혹시 이혼 때 불리하다. 개인정보보호법 위반은 형사사건으로 번질 가능성도 있다.

이수중은 예전에 이혼한 의대 동기 하나를 떠올렸다. 아내끼리 절친이어서 부부끼리도 잘 알았다. 어느 날 그 녀석이 갑자기 대뜸 술 마시자고 연락해서는 거나하게 취하자 자신이 이혼한 과정을 주절댔다. 그때 동기는 아내의 불륜을 의심해 흥신소에 의뢰했다고 했었다. 그 동기에게 연락해 흥신소 연락처를 알아냈다. 병원을 음해한 악플러를 잡을 거라고 둘러댔지만, 동기는 아무것도 묻지 않고 나중에 결과만 알려달라고 했다.
 동기가 알려준 흥신소에 연락해 아내를 조사해달라고 의뢰했다. 아내가 가입한 오픈채팅방과 아내가 활동하는 박나리 닉네임을 알려주고, 아내의 인적사항과 차 번호를 불러주고 미행도 부탁했다. 흥신소 소장은 착수금과 입금계좌를 불렀다.

 이수중은 퇴근한 뒤 아내를 미행했다. 소장과 별도로 자신도 따로 증거를 잡으려 했다. 그는 아내의 차를 간격을 두고 따라갔다. 아내를 중간에 놓칠 뻔도 했지만 간신히 따라잡았다. 좌회전 신호가 바뀔 때 또 놓칠 뻔했다. 간신히 신호가 끊기기 전에 따라붙었다. 빵빵! 맞은 편에서 오던 차의 클랙슨 소리가 요란했다.
 아내는 백화점 주차장으로 들어갔다. 장을 보러 가는 것일까? 이수중은 주차장에 들어가 아내와는 먼 곳에 차를 댔다. 아내는 눈치를 전혀 못 챈 듯 엘리베이터로 향했다.
 더는 무리다. 같은 엘리베이터에 탈 수는 없다. 몰래 뒤에 숨어 엘리베이터를 보는데, 꼭대기 층에 서는 게 보였다.
 아내는 문화센터 요가반에 등록해 시간 날 때마다 개인 요가 수업을 듣는다고 했다. 토요일 가던 걸 오늘은 수요일 가나 보다 싶었다. 긴장을 풀고, 지하 매장에서 어묵 하나를 사 먹는데, 전화가 걸려왔다. 0505로 시작되는 안심번호, 흥신소였다.
 이수중은 조용히 전화를 받았다. 흥신소 소장의 나직한 목소리가 들렸다.
 "선생님, 전화 좀 받으실 수 있으십니까?"
 "괜찮습니다."

이수중은 푸드코트 테이블에 앉아 차분히 전화를 받았다.

"알아봤습니다. 근데 좀⋯."

이수중은 그가 뜸 들이는 걸 진득하게 기다렸다.

"직접 채팅방에 가입해서 일단 그 방의 추이를 살펴야 하는데, 제가 예전 닉네임 쓰다가 걸려서 강제 탈퇴 당했어요."

"예? 아니 그럼 어떻게 합니까?"

"선생님이 직접 가입하셔서 저한테 상황을 알려주셔야 합니다. 집으로 들어가시면 제가 알려드리겠습니다. 밖에서는 누가 들을지 모르고요."

"참나, 알겠습니다."

이수중은 소장에게 한 시간 후에 전화하라 했다. 그러고는 부랴부랴 주차장에서 차를 빼서 집으로 들어갔다. 잠시 후 소장의 전화가 걸려왔다.

소장은 가입하는 방법을 가르쳐주었다. 먼저 '밤과 친한 남자 여자 모여라' 채팅방에 가입하기 위해 비밀번호를 입력해야 하는데, 이 비번을 얻으려면, 배우자와 산다는 증거인 주민등록등본을 채팅방 매니저에게 보내야 한다. 그리고 가입해서는 바로 결혼 사진을 올려야 한다고 했다.

이수중도 결혼 사진을 올리는 걸 채팅방에서 봐서 알고는 있었지만, 가입 전에 비밀번호 얻기 위해 등본을 보내는 건 몰랐다.

"등본과 결혼 사진을 모두 실제로 올립니까? 그렇게까진 하고 싶지 않습니다."

소장이 이수중의 물음에 답했다.

"그건 구글에서 여러 명의 등본과 결혼 사진을 합성해 만들어드릴게요. 이메일로 보내겠습니다. 걱정 마십시오."

다음 날, 소장이 만든 등본과 사진을 받았다. 둘 다 정교하게 합성해 실제 등본과 사진 같았다.

이수중은 등본을 매니저에게 보내고 며칠 후, 드디어 채팅방에 초대를 받았다. 닉네임은 '미스터 감동'이라고 소장이 정해준 걸로 들어갔다.

   - 안녕하세요, 미스터 감동입니다. 항상 만남을 가진 분들에게 감동을 드립니다.

이수중은 애써 너스레를 떨었다. 소장이 적어준 대본이었다.

   - 몇 학년 몇 반?

   - 오빠, 애들 학교서 오기 전에 차 한잔 어때요?

   - 사이즈 올려봐요~ 낮져밤이?

낯 뜨거운 채팅이 오갔다. 이수중은 공지로 '정모에 남자 한 분 취소로 추가 모집합니다'라는 공지를 보았다. 소장이 정모나 오프 모임 안내가 뜨면 일단 간다고 하라고 시켰다. 거기서 소장이 아내를 만나면 게임 끝이다. 이수중은 얼른 채팅방 매니저에게 메시지를 보냈다.

— 정모 참석하고 싶습니다.

매니저의 메시지가 십오 분 있다가 왔다.

— 죄송하지만, 가입한 지 두 달 넘는 분에 한해서입니다.

이수중은 그렇게 정식 모임에 초대받지 못했다. 하지만 채팅방에 오가는 글들을 보니, 어떤 남자가 정기 모임에 자리를 얻었는데 사정이 있어 못 간다고 하면서 은근슬쩍 돈 주고 초대권을 살 사람을 물색하고 있었다. 매니저가 주의를 주자 그 남자는 글을 더 올리지 않았다.

이수중은 '사랑퍼줘'에게 메시지를 보내 돈을 보내 초대권을 사고 싶다고 했다. 정모 참가비는 이십만 원이었다. '사랑퍼줘'는 계좌로 삼십만 원을 입금받고 나서 모임 일시와 장소 그리고 암호를 알려주었다. 그리고 자신의 닉네임 '사랑퍼줘'르 위장해 들어가라고 했다. 다만 정모에 참여하지 않으면 자신이 다음에 있을 모든 정모에 못 나가는 패널티를 당하게 되니, 매니저에게 다 밝히고 같이 추방되게 만들 거라고 경고했다. 이수중은 이를 흥신소 소장에게 알려주었다.

정모가 열리는 날, 이수중은 흥신소 소장과 강남역 근처 카페에서 만났다. 소장은 굳이 만나야 한다고 바득바득 우겼다. 소장을 처음 만난 이수중은 어처구니가 없었다. 그는 작은 체구에 땅땅한 체격의 평범한 중년 남자였는데, 다리에 깁스를 하고 나왔다.

"아니 지금 뭐 하자는 겁니까? 이래서 저길 어떻게 들어가요?"

"그렇게 됐습니다. 죄송합니다…."

"직원이든 누구든, 대신 들여보낼 사람 하나도 없어요?"

"지금은 저기 들어갈 사람이 아무도 없습니다. 선생님이 직접 들어가 보시죠."

"네?"

"어차피 오늘 사모님은 안 나옵니다. 직원 하나가 댁에 계신 사모님을 감시하고 있습니다. 사모님이 여기 나오시면 그 직원이 정모에 참여하면 되는데, 사모님은 지금 집에서 안 나오고 있습니다. 사모님이 여기 톡방에서 활동하고 있으니, 다음 정모 때 제대로 확인해서 잡을 수 있습니다. 오늘은 톡방에서 추방당하지만 않게 참여간 하시면 됩니다."

이수중은 화가 났지만 소장 말이 틀린 건 하나도 없었다. 아내를 잡기 위해선 이 톡방에서 추방당하면 안 됐다.

"아니, 아무리 그래도 이건 좀 그렇죠. 당신들 내 돈 받고 하는 게 뭡니까? 이럴 거면 내가 직접 하지!"

"어차피 한번 바람피우기 시작한 사람은 계속 피웁니다. 끊을 수가 없어요. 곧 빼도 박도 못 할 증거들을 잡아놓을 테니 이 톡방에서 추방당하지만 않게 관리하시면 됩니다."

"후우, 어떻게 하면 됩니까."

소장은 이수중에게 갖고 있던 마스크와 뿔테 안경을 씌우고는 위장 카메라를 단 가방을 들려주었다.

"위험하시면 제가 근처 카페 있다가 달려들어 가겠습니다."

'지랄. 입만 살아서는….'

소장의 말에 이수중은 대답을 속으로만 삼켰다. 거울을 보면서 앞머리를 더 내려 눈을 거의 가렸다. 면도를 하지 않아 수염이 살짝 거뭇하게 보여서 평소와 이미지가 달라 보이는 게 그나마 다행이었다.

이수중은 강남역 영어 학원과 영화관이 있는 대로변에서 뒷골목으로 들어가서, 카페들이 즐비한 골목을 지나고, 13층 상가건물 앞에 섰다. 지하에는 노래방, 1층에 편의점, 2층에 컴퓨터 학원, 다른 층들에는 성형외과 같은 병원들이 있는 건물이다. 매니저는 4층으로 오라고 했다. 이수중은 엘리베이터에 올라탔다. 소장은 옆 건물 카페에서 잠복 중이다.

엘리베이터에서 층별 안내문을 보니 4층은 희사명으로 되어 있었다. 그는 4층에 도착해 살폈다. 빈 사무실이었다. 한 남자가 나왔다. 야구 모자를 쓰고, 단정한 하얀 셔츠에 청바지, 로퍼를 신은 잘생긴 사십 대 정도의 남자였다. 체구도 호리호리하고 키가 컸다.

"사랑퍼줘 님?"

"네, 맞습니다."

이수중은 목소리를 일부러 다르게 내서 상대방이 자신이 누구인지 알아차리지 못하게 했다. 목소리만으로도 식별할 수 있다. 이수중은 자신이 가끔 TV나 유튜브에 나왔던 걸 상기하면서 주의했다.

"저희가 처음 오시는 분은 직접 만나 뵙고 모시고 가거든요. 자, 폰은 저에게 주십시오."

"아, 네."

그는 미리 주의사항을 들어서 폰을 제출한다는 걸 알고 있었다. 일부러 안 쓰는 폰을 가지고 와서 그 폰을 주었다. 매니저는 이수중과 다시 엘리베이터를 타고 건물을 나갔다. 매니저는 볼보 XC40에 이수중을 태우고 눈을 가렸다. 그리고 어디론가 차를 몰았다.

한 십 분은 갔을까. 남자가 이수중의 눈가리개를 풀었다. 한적한 주택가 안쪽에 상가건물 앞이다. 매니저는 이수중을 엘리베이터에 태워 올라갔다.

일반 사무실이 나왔다. 병원 같은 하얀색 인테리어에 긴 복도 저쪽으로 어슴푸레한 조명이 보였다. 조명등은 백합 모양인데, 주광색이 나오고 있었다. 매니저는 이십 대 정도로 보이는 흰 원피스를 입은 아름다운 여성과 함께였다.

"오늘 저희 정모 처음이시죠? 겁먹은 표정이시네요? 긴장 푸세요."

매니저의 말에 이수중은 고개를 끄덕였다. 속으로 신상이라도 물어보면 뭐라고 해야 하나 고민했지만, 아무것도 묻지 않았다.

"이 사무실은 사실 캡슐 호텔을 개조해 만든 겁니다. 방마다 지금 미리 오신 분들이 서로 탐색전을 하고 있습니다. 보시죠."

이수중은 매니저를 따라 기다란 복도로 가는데 작은 창마다 남자 여자가 앉아서 커피를 마시거나, 침대에 나란히 앉아서 TV를 보고 있었다. 한 커플은 이수중이 유심히 보자 남자가 벌떡 일어나서 얼른 창문의 블라인드를 내렸다. 남자 남자 커플도 있고, 여자 여자 커플도 있었다. 심지어 셋인 사람들도 있었다. 다정하게 말을 하는 것 같았는데, 언뜻 보면 회의를 하는 것 같아 보이기도 했다.

"대화를 나누면서 뜻이 맞는지 탐색 중입니다. 본 게임은 나중이죠."

이수중은 고개만 끄덕였다. 그런데 아까 그 여성이 다급하게 달려와 매니저에게 무언가 속삭였다. 매니저의 얼굴이 구겨졌다. 그러고는 이수중의 가방을 턱으로 슬쩍 가리켰다.

"가방 한번 보여주시겠어요?"

매니저의 말투가 아까와 완전히 달라졌다. 이수중은 가방을 움켜쥐었지만, 매니저가 힘으로 잡아채서 뺏겼다. 소장이 장치한 위장 카메라는 어설프기 그지없어서 가방을 열자마자 들키고 말았다. 매니저는 이수중의 멱살을 잡고 안경을 벗겼다.

"피곤하게 만드네, 당신."

이수중은 당황했지만 이내 목소리를 가다듬었다.

"아, 아닙니다."

"뭐가 아닌데?"

"이거 좀 놓고 얘기하세요."

"얘기? 얘기 좋지. 그래. 얘기부터 시작하지, 뭐."

매니저의 말투에 이수중은 겁먹었지만, 매니저는 작은 사무실로 데려가서는 정말로 이야기를 나누었다. 이수중은 아내가 여기서 활동하는 증거를 찾고 있다고 솔직하게 털어놓았다.

"허 참, 이렇게 어설프게 온 사람은 또 처음이네. 그래서 어쩌시려고? 간통죄 폐지됐잖아요?"

이수중은 매니저의 말투가 다시 높임말로 바뀌어 몰래 안도했다.

"하… 하지만 만약 돈을 받고 알선해서 성매매가 이루어지면 불법이죠."

이수중은 은근히 협박하면서 도와달라고 했다.

"이분이 말씀 이상하게 하시네. 우리 여성 회원도 돈 받습니다."

"어쨌든. 이거 알려지면 안 좋잖습니까? 저는 당신들이 여기서 뭘 하든 상관없어요. 아내만 찾으면 알아서 입 다물고 살겠습니다."

매니저가 싸늘하게 말했다.

"됐고, 본인 일은 본인이 알아서 하세요."

매니저는 은밀하게 진행해야 할 정모 운영만으로도 피곤한데 불청객까지 끼어들자 짜증이 난 듯했다. 하지만 이수중을 안쓰럽게 쳐다봤다. 매니저는 한숨을 푹 쉬고는 말했다.

"당신도 우리 회원들도 모두 결혼은 했지만 행복하지 않잖아요? 리처드 도킨스의 《이기적 유전자》 읽어봤어요? 수컷이 성실형과 바람둥이형으로 나뉘고 암컷도 조신형과 경솔형 타입으로 나뉜다고 나와 있잖습니까? 정말 맞습니다. 조신형 암컷은 긴 구애를 살펴보고서 교미를 하고, 성실형 수컷은 교미 후에도 양육을 돕습니다. 하지만 바람둥이형 수컷은 새로운 암컷을 늘 찾아다니고, 경솔형 암컷은 상대를 가리지 않죠. 물론 인간은 동물과는 다릅니다. 하지만 번식을 하고자 하는 욕구는 늘 뇌를 지배하죠, 수컷은 새로운 상대, 암컷은 우월한 유전자를 본능적으로 원합니다. 그래서 자신의 유전자를 지구에 남기려 하죠."

이수중은 매니저의 긴 설명에 반문했다.

"하지만 사회적으로 불륜을 용납하지는 않잖습니까?"

"네, 맞아요. 부부들은 모두 결혼에 얽매여 양육을 위해 떠나지 못하고, 다른 상대방을 사귈 수 없죠. 그래서 다중연애를 지향하는 '폴리아모리'라는 개념의 부부도 서양에는 있지만, 글쎄요. 한국에서 받아들여질까요? 저희는 뜻이 맞는 사람들이 모여 채팅방에서 소통하고 가끔 정기 모임에서 탐색을 해봐서 즐기고, 나가서 따로 연락하는 것은 금지합니다. 왜냐면 여기 일들이 세상에 알려지면 우리는 모두 신상이 털리고, 결혼 생활이 위태로워지고, 이혼당하고, 위자료 청구 소송을 받고 덤으로 망신까지 당하니까요. 단지 인간의 원초적 본능을 위해 용의주도하게 행동하는 사람들입니다."

이수중은 호오, 이거 봐라 하는 얼굴로 말했다.

"그런데 뭐 유전자를 남길 수는 없잖습니까? 다들 부부라면서요. 이혼당할까 두려우니 아이를 낳을 수도 없고, 모두 어처구니없는 궤변입니다."

매니저는 이런 토론을 즐기는지 슬쩍 미소를 띠었다.

"글쎄요. 하지만 습성은 남아 있는 거죠. 다른 상대방에 대한 성적인 탐색과 원시적 욕구의 충족, 전 그게 일상의 무료함과 피곤 그리고 욕구불만과 결혼과 가족에 대한 불만과 불안을 달래는 한 방법은 될 수 있다고 봅니다. 실제 우리 모임에서 즐기고 나서 이혼을 하지 않고 계속 결혼 생활을 유지하면서 양육을 하는 부부도 다수 있죠. 인간의 3대 욕구 중 식욕, 수면욕은 다양한 먹을거리와 제품이 개발되는데, 성욕은 항상 억눌리죠. 왜 결혼한 사람들은 다양한 성적 탐색을 하면 인생이 파탄이 나는 거죠? 오늘 여기서 있던 일은 단 한 마디도 외부에 알리지 마십시오. 후회하게 될 겁니다."

"아내가 여기서 활동했다는 증거를 가지고 갈 때까지는 절대로 못 나갑니다. 닉네임은 박나리입니다."

"좋습니다, 그럼 저와 계약을 먼저 하시죠."

이수중은 이맛살을 슬쩍 찌푸렸다가 입을 열었다.

"그게 뭐죠?"

"이런 일이 있을 때마다 하는 절차입니다. 그걸 진행하면 도와드리죠."

"알겠습니다."

이수중은 긴장했지만, 매니저는 의외로 평범하게 비밀유지계약서를 작성했다. 매니저는 한숨을 조금 쉬고는 고개를 끄덕인 후에 자리에서 일어났다. 그리고 책상 위 태블릿을 열어 명단을 검색했다. 매니저는 이수중에게 아내의 본명과 닉네임을 다시 묻고 명단을 검색했다.

"따라오시죠. 아내 분과 상대했던 분이 여기 참석한 것으로 압니다."

이수중은 매니저를 따라갔다. 그는 3번 방 앞에서 문을 노크했다. 잠시 후 문이 열리고 혼자 있던 남자가 일어났다. 아이돌처럼 곱게 생긴 이십 대 후반 정도의 남자였다. 남자는 매니저와 이야기를 나눈 후 엘리베이터로 향했다.

이수중은 매니저에게서 휴대전화를 돌려받고는 자신의 진짜 휴대전화를 몰래 꺼내 소장에게서 온 부재 중 전화 다섯 통을 확인했다. 하지만 지금 아내와 외도한 남자와 마주했는데, 함부로 분위기를 깰 수는 없었다.

"뭐요, 당신. 나 알아? 뭐가 알고 싶은 건데요?"

남자는 어두운 골목길로 저벅저벅 걸어가다가 뒤돌아서서 말했다.

"당신이 내 아내와 외도한 증거를 주면 천만 월 드리겠소."

"허, 참나. 왜요? 그런 게 드러나면 상간남으로 소송당하고, 직장에 알려져 망신당할 거 같은데요? 그리고, 천만 원 가지고 되겠어요? 당신이 나한테 일억짜리 상간남 소송을 걸면요? 사람 완전히 바보로 보는 거예요?"

남자는 얼굴에 불편한 기색을 드러냈다. 그리고 겁을 주는 듯 윽박질렀다.

"아저씨, 왜 남 좋은 시간 방해하고 헛소리만 늘어놓는 이유가 뭐야? 뭐 어쩌려고?"

"도와주시죠. 부탁합니…."

말을 끝내기도 전에 이수중은 남자에게 얻어맞았다.

"야, 이 자식아. 가라고, 그냥! 사람 귀찮게 하지 말고! 아, 별 그지 같은 게 붙었네. 재수가 없으려니까 진짜."

이수중은 남자에게 얻어맞고 땅바닥에 뒹굴었다. 남자는 이수중에게 주먹질에 발길질에, 아주 처참하게 짓밟고는 더 때리려는데, 그때 저만치서 승합차 한 대가 멈추고 흥신소 소장이 내렸다. 그걸 본 남자는 헐레벌떡 도망쳤다.

"선생님! 괜찮으세요? 가방에 넣은 GPS 아니었으면 큰일 날 뻔하셨네요. 저 사람은 뭔데 사람을 때립니까?"

이수중은 남자에게 주먹으로 맞은 충격에 머리가 어지럽고 힘이 없었다. 일단 들어가서 쉰 다음 나중 일을 계획하기로 했다.

밤에 집에 들어가니 아내는 자고 있는 듯 거실 불도 꺼져 있었다. 씁쓸했다. 한집에 사는 가족과 원수같이 지내야 하는데다, 지금은 그 속을 몰라서 미칠 지경이다. 아내는 대체 무슨 짓을 저지르고 있는 걸까? 아내가 하는 짓들 때문에 자신도 그 아수라장에 빠져서 너무도 힘들다는 생각에 괴로웠다.

다음 날 이수중은 출근 전 자신이 얻어맞은 장소를 다시 찾아갔지만, 어디에도 오픈채팅방의 남녀들이 모여 엔조이할 상대를 찾았던 모임의 흔적도 없고 사람도 없었다.

아내는 병원에서 봐도 평상시와 다를 바 없었다. 아니 대체 누군지도 모르는 상대와 관계를 하고도 저렇게 아무렇지도 않게 병원에서 일한다니 정말 파렴치해 보였다.

'어차피 유산도 숨겨버리는 사람이니까.'

그런 겉과 속이 완전히 다른 사람이라 여기며 불쾌함과 분노가 뒤섞였다. 대체 어디서부터 뭐가 뒤틀려 저렇게 사는 것인가.

이수중은 아내가 화장실에 들어갈 때를 노려서 그녀의 폰을 만졌지만, 비밀번호와 패턴으로 이중 잠금을 했고 모두 바뀌어 열 수 없었다. 이제 방법이 없다. 아내가 외도하는 현장을 잡아서 무조건 이혼 귀책사유를 찾아내 재산을 유리하게 분할해야 한다.

이수중은 병원 진료가 끝나면 아내를 미행했다. 아내는 어떤 날은 중국집에 들어가 짬뽕을 먹었다. 그리고 어떤 날은 분식집에서 홀로 김밥을 먹었다. 어떤 날은 요가를 했고, 어떤 날은 옷을 샀다. 가끔 화장품을 사기도 했다. 그리고 대만의 인기스타가 먹었다는 쇼콰빙 샌드위치를 사서 혼자 푸드코트에서 먹는 걸 보기도 했다. 어떤 날은 마트에서 장을 보았다. 저녁마다 이수중은 아내가 사 와서 냉장고에 넣어둔 음식을 먹으면서 컴퓨터에 아내 미행일지를 입력했다.

며칠 미행해보니, 아내도 홀로 장 보고 밥 먹고 운동하고 심심하겠다 싶은 생각도 들었다. 하지만 자신도 별다를 게 없었다. 의대 동기나 선후배들과 골프 라운딩도 안 나간 지 6개월은 지났다. 헬스클럽에서 운동도 일주일에 세 번이면 많이 나간 편이다. 내내 병원에서 야간진료나 토요일 진료 등 숨 쉴 틈 없이 환자들 수술을 하고, 레이저 시술을 한다. 뭘 하려 해도 짬이 나지 않는다. 아내도 마찬가지겠지만.

가끔 뭐 하러 이러고 사나 싶었다. 대출금 갚는 기계처럼 보람도 없고 사명감도 없이, 그저 수술이나 시술을 하거나 수술 경과 보러오는 환자 마주하는 날들이었다.

아내는 혹시 바람 난 게 아니라 그저 외로워 잠깐 오픈채팅방에 들락거렸던 건 아닐까. 그냥 모임에도 안 나가고 불륜도 안 한 걸 자신이 섣불리 오해한 건 아닐까 싶었다. 하지만 매니저가 소개한 남자, 아내를 상대했다는 남자는 뭐란 말인가.

이수중은 그날 퇴근하고 아내가 먹었던 쇼죄빙 샌드위치를 사서 먹었다. 아삭한 식감이 맛있었다. 꾸역꾸역 먹고 일어나는데, 쿡 하는 눈물이 터져나왔다.

'그냥 아무것도 모르던 때로 돌아가고 싶다.'

이때 한 중년 여성이 다가와 알은척을 했다.

"어머, 성형외과 원장님 아니세요?"

언젠가 거상술이 잘됐다며 명품 넥타이를 선물한 고객이다. 아내에게는 자신이 불륜을 한다는 암시를 주려고 했지만. 이수중은 웃으며 여성에게 인사하고는 결심했다.

'하아, 이제 다 그만두자.'

그가 아내 미행을 그만두려고 마음먹은 지 삼 일째 되는 날이었다. 그날로 마지막 미행을 한 번 더 하고 이제 다시는 미행하지 않기로 결심했다.

이수중은 퇴근 후에, 아내가 전철역 근처 패스트푸드점으로 들어가는 걸 보았다. 이수중은 운동 모자를 푹 눌러쓰고 후드티를 그 위로 덮어 썼다. 미행할 때는 새로 산 이십 대들이 입는 캐주얼 티와 바지와 운동화를 신었다. 거기에 안경과 운동 모자나 후드 점퍼나 마스크를 착용하면 전혀 누구인지 모른다. 그래서 아내가 그간 눈치를 못 챈 것이다.

아내가 한 중년 남성을 만나 하얀 봉투를 건네는 걸 보았다. 이수중은 구석에서 이걸 지켜보다 중년 남자의 얼굴을 유심히 살피려 화장실 가는 척하면서 그들 가까이 다가갔다. 남자는 얼굴에 검은 마스크를 쓰고, 안경을 걸쳤는데, 어딘가 낯이 익었다. 얼굴과 이마를 자세히 보고 머리카락을 살폈는데, 이수중은 앗! 하고 알아차렸다.

흥신소 소장이었다. 성형외과 의사로서 환자들의 얼굴이나 헤어스타일을 유심히 보는 버릇이 있는데 그의 이마 가운데 깊은 주름이 바로 보였다. 귀가 크고 귓바퀴가 큰 것도 소장이 맞다는 증거다. 이수중은 당장 모자를 벗고 다가가 소장과 아내 앞에 섰다.

"이게 어떻게 된 일이죠?"

아내가 부들부들 떨었고, 소장이 일어나 다급하게 나갔다. 이수중은 그 앞에서 아내의 눈을 직시했다. 서현경은 한숨을 내쉬면서 그간의 일을 간략히 말했다.

"후우, 본 그대로야. 소장이 돈을 더 달라고 해서 일단 급하게 백만 원 오늘 준 거야. 계속 천만 원을 내놓으라고 재촉해서 오늘 우선 백만 줬어, 일단."

"뭐어?"

이수중은 온몸을 떨었다.

"그 흥신소 소개받은 것도 네가 꾸민 흉계지? 맞지? 둘이 아는 사이였구나!"

서현경은 기억을 더듬었다.

남편을 어떻게 골탕 먹일까 궁리를 했다. 남편에게 자신이 당한 걸 갚아주고, 이혼을 유리하게 하고자 했다. 아니면 차라리 불륜으로 오해하게 사기극을 벌여서 그가 떨어져나가게 하고자 했다.

불륜으로 이혼 소송을 당해도 위자료 최대 일억 정도 주고, 재산분할로 들어가면 자신은 지금 현금을 모두 은행에서 찾아두고 안전한 창고에 보관 중이기 때문에 증권 계좌와 신탁 자금, 그리고 남편 병원 임대한 보증금과 아파트 전세가 재산분할로 들어간다. 서현경은 별로 손해 볼 일이 없었다. 아이도 없고, 새로 시작하면 된다.

남편에게 덫을 치고 자신의 불륜을 인지시키려 했는데, 그게 들통나고 말았다. 서현경은 긴장감에 콜라를 마셨다. 이수중이 불같이 화를 냈다.

"너 어떻게 일을 꾸며서 그 소장인가가 왜 천만 원이나 달라고 하는 거야! 어? 왜 널 찾아와 협박을 하는 건데? 대체 그날 일 다 뭐야? 어서 털어놔!"

"나도 몰라. 흥신소 소장이 내가 계획한 일에 단역 배우들 모아서 그날 그 빈 사무실 잠시 임대해 상황만 연출한 거야! 천오백 달래서 줬는데, 또 달래!"

주변 사람들이 쳐다보자, 그들은 밖으로 나와 골목으로 들어가 마저 싸웠다. 이수중은 거칠게 화를 버럭 냈다.

"야, 서현경. 왜 그렇게 위험한 짓을 해, 하냐고!"

"뭐어? 야, 이수중. 그러는 너는? 왜 인터넷에 이상한 글 올리고 환자하고 작당해서 나를 낚으려고 그 안달을 친 건데?"

이수중은 놀랐다. 아내는 그가 이정연과 판 함정을 알고 있었다.

'그래서 이정연이 전화도 안 받고 잠수 탔구나.'

이수중은 애써 짐짓 아무렇지 않은 체 응수했다.

"서현경. 그야 네가 장인어른 유산 빼돌렸으니까 그렇지. 덕풍동 물류창고, 내가 모를 줄 알아?"

"그게 왜 빼돌린 거야. 네가 병원에 돈 넣으려고 눈독 들이니까 안전하게 둔 거지!"

이수중은 서현경을 노려보았다.

"그 돈으로 이거 모사 친 거냐? 나 속이려고, 나 한 방 먹이려고! 그 장군 멍군 짓 하다가 이젠 흥신소 소장이 협박하는데 어떡할 거야? 이건 형사사건이라고! 사기죄라고!"

"그러는 너는? 내 전화기 밥 먹듯이 몰래 훔쳐보고, 나 이정연한테 낚이게 하고! 내가 그래서 오픈채팅방 만든 거다! 이젠, 이혼밖에 답 없어. 소장이 우리 다 폭로한대. 그러니까 그러기 싫으면 돈 더 내놓으래."

그들은 잠시 진정하고 집으로 돌아와 다시 말을 나누었다. 서현경이 흥분해 화를 내는 걸 이수중이 진정시키고 소파에 앉혔다.

"돈을 더 줘도 소장이 그 돈 먹고 떨어질 거 같아? 계속 병원 이름 들먹이면서 협박할걸?"

"나도 어떻게 할지 감이 안 와. 자신이 힘들게 작업을 해서 추가 수당이 필요하고, 이런 사기극을 덮으려면 그때 연기한 배우들에게도 추가금으로 더 줘야 한다고…. 그냥 이혼해. 이 일은 내가 알아서 할게."

"이혼할 때 하더라도 병원 이미지에 피해 안 입게 하자고. 넌 이혼하고 친정 유산 가지고 살면 그만이지만, 난 내 의사 면허 걸고 하는 병원이야. 불명예로 문 닫으면 끝이라고!"

"그럼 어떻게 해!"

"그 소장이 개인정보보호법 위반한 걸 들먹여서라도 어떻게든 여기서 떨어져나가게 해야 해. 그 사람 네 친구 통해서 알아낸 사람 맞지? 그리고 나도 낚으라고 설계했지? 그래서 그날 동기 녀석이 술자리를 만들어 불러낸 거구만!"

"맞아."

"혹시, 소장이 너 물려받은 유산 많은 것도 알아?"

서현경은 놀란 눈을 했다. 소장에게 사기극을 의뢰할 때 정확한 이유를 대야 한댔는데 말을 한 게 실수였을까.

"너 말했구나! 정신 나간 거 아냐? 둘이 아예 쨌냐?"

"미쳤어?"

"도저히 너를 못 믿겠어. 그렇게 낚은 것도 지랄 맞고."

"화만 내지 말고 어떻게든 병원을 지켜야 한다면서. 어서 수를 내봐."

"서현경, 너 다시 한 번 나 이렇게 속이면 정말, 나 분할 신청해

너 완전히 탈탈 털어낸다."

"알았으니까 그만하라고."

"너 그 소장 어떻게 알았어? 느낌 오니까 확실히 말해. 네 친구 소개 맞지?"

서현경은 남편이 분노를 터뜨릴 것을 직감하면서도 사실을 말했다. 이제 더는 숨길 게 없다.

사실 이수중의 의대 동기와 서현경의 대학 동기 절친을 소개팅시켜줘서 결혼했는데, 그들이 이혼할 때 이용한 흥신소 소장을 서현경이 먼저 섭외해 일을 벌인 것이다. 그리고 이수중이 걸려들게끔 서현경의 친구가 헤어진 전 남편에게 사주해 그 소장을 소개하게끔 한 것이다.

이혼한 부부지만 애 양육으로 어차피 이러저러하게 연락이 오가던 사이였고, 서현경이 간곡한 부탁을 하자 그들은 소개만 해주고 빠지기로 했다. 그래서 의사 동기가 이수중을 불러 술 마시며 돌아가는 이야기를 하다 그의 이혼 이야기를 입에 올렸고 흥신소 소장을 은밀하게 소개해주는 식으로 판을 짠 것이다.

이수중은 한숨을 쉬었다. 자신도 먼저 인터넷에 불륜 암시 글을 올리고 아내를 낚았지만, 아내도 만만치 않았다. 무슨 폴리아모리니 불륜 채팅방이니 온갖 흉계를 써서 패닉에 빠지게 만들었다. 그리고 그 동기 녀석도 자신들도 이혼했으니 너희들도 해봐라 하는 심정으로 서현경에게 협조를 한 것일까 새삼 두려웠다.

사실 자신도 병원 간호사들이 그 불륜 글을 읽어보도록 유도했다. 일단 가장 막내인 간호조무사에게 용돈을 주고 심부름시켜서 그들의 단톡방에 링크를 올리게 한 것이다. 그래서 그들이 입에 올리는 걸 아내가 들은 것이다. 시작부터 아내를 낚게끔 설계를 한 것이다. 과거를 돌이켜본들 소용이 없다.
 지금은 일단 힘을 합해 이 흥신소 소장을 물리쳐야 한다.

3

부부 협업의 그 멋진 세계

이수중은 곰곰이 고민했다. 며칠째 서현경과 집에서 소장의 협박을 물리칠 궁리만 나눴다. 대화는 이와 관련해 하루에 세 시간도 했고, 밥도 같이 먹으면서 머리를 맞댔다. 이수중이 생각해낸 사람들이 있었다. 그들은 다음 날 흥신소 소장에게 연락해 한강 둔치로 삼 일 후 나오라고 약속을 잡았다.

약속 날이 되었다.

이수중은 의과대학 시절 유도 동아리에서 활동했다. 이수중의 체급은 73킬로그램 미만 급이지만, 선배들은 100킬로 이상 급의 덩치도 꽤 있었다. 그들 중 외과, 피부과 선배와 아직도 술을 마신다. 특히 피부과 선배는 문신 기술을 익혀서 본인 몸에도 야쿠자들이 하는 이레즈미 문신을 하는 등 민소매 티를 입으면 조폭 분위기가 풍겼다. 가운을 벗으면 그 누구도 직업이 의사인 줄 모른다.

서현경은 선배들을 기다리면서 초조해했다.

"문신한 선배 나오지?"

"당연하지. 거기가 젤 급이 높아. 아우라가 그냥 형님이야."

"옷은 이걸로 입혀봐."

서현경은 주말에 남대문 시장에 가서 사 온, 하와이풍의 셔츠와 통 넓은 바지와 중절모 그리고 요란한 스티치 장식이 있는 청바지를 꺼냈다. 이어서 꽉 끼는 하얀색 쫄티와 일수가방을 쇼핑백에서 꺼내 들었다.

이수중이 인상을 썼다.

"너무 야쿠자풍인데? 그 선배가 입으려 할까?"

"우리 사정 얘기했다면서. 흥신소 소장이 우리 부부 삥 뜯으려 하는 거 말이야. 세 보여야지."

이수중은 별 풍파를 다 겪다 보니, 아내나 자신이나 너무도 말투와 행동이 저렴해진다는 걸 뼈저리게 느꼈다. 누가 봐도 그들이 성형외과 의사와 실장 게다가 부부라고는 상상하지 못할 거다.

그만큼 지금은 세파에 시달린 중년 부부다. 잠시 후 차 한 대가 그들 앞에 와서 섰다. 검은색 벤츠 클래식이 서고, 문이 열리면서 피부과 선배와 외과 선배가 내렸다.

"이수중, 얌마. 그런 힘든 일이 있으면 진즉에 알렸어야지. 제수씨 오랜만이에요."

"안녕하세요."

서현경은 고개를 숙여 예의 바르게 인사했다.

"우리가 알아서 할 테니, 이 차 안에 들어가 계십시오."

선배들은 이수중이 내미는 쇼핑백을 보고 쿠하하~ 웃으면서 둔치에 있는 화장실로 들어가 갈아입고 나왔다. 서현경은 벤츠 안에 들어가 검은색으로 선팅된 유리창 너머 그들을 살폈다. 잠시 후, 흥신소 소장의 차가 도착했다. 소장쪽도 직원 두 명이 내렸다. 덩치들 선배와 이수중 그리고 흥신소 소장과 직원들은 저무는 노을과 한강을 배경으로 대치하고 섰다. 서현경의 손에 진땀이 배었다. 이마에는 땀이 났다. 오한도 들었다.

무서웠다. 손을 휴대전화의 키패드에 갖다대고 112만 누를 준비를 했다. 그렇게 대치하고 선 지 이십 분 후, 이런저런 말이 오가는 것처럼 보이더니 흥신소 소장과 직원들이 먼저 차에 탔다.

서현경이 내리려는데, 선배들이 다리가 풀려 휘청하면서 이수중에게 다가갔다.

무슨 일이지? 하는데 선배들이 이수중의 얼굴에 주먹을 날리고, 한 선배는 뒤로 돌아가 목을 졸랐다. 이수중과 뒤엉켜 넘어지는 선배들. 서현경이 달려가 비명을 지르면서 싸움을 말렸다.

"무, 무슨 일이세요? 네?"

"제수씨. 이놈 또 말썽 부리면 다시 우리에게 연락하세요."

"아, 아니에요. 제가 잘못한 부분도 있어요, 제발 그이 풀어주세요, 제발요!"

이수중이 캑캑대면서 풀려나고, 피부과 선배가 씩 웃으면서 말했다.

"소장님이 오백 추가금 받고 더 귀찮게 안 한다니, 그 정도는 들어주세요."

"얌마, 너 제수씨한테 잘해라. 안 그럼 우리가 손보러 온다."

"선, 선배. 잘할게. 현경이한테."

"반드시 부부상담 찾아가서 상담받아. 내가 명함 하나 보낼게.

잘하는 선생님이야. 너 갔는지 안 갔는지 확인한다? 알았지."

"아, 알았어. 선배."

서현경도 대답했다.

"반드시 그렇게 하겠습니다. 오늘 일 감사합니다."

부부의 말에 그들은 벤츠에 올랐다. 가기 전에 선배들이 옷은 마음에 든다고 하자, 서현경이 가져가라 했고 그들은 그대로 입은 채 떠났다.

부부는 노을 지는 한강 둔치에 털썩 앉아 저무는 해를 보았다. 기운이 하나도 없었다. 남편이 오백을 소장에 쏴주고, 아내는 편의점 가서 소주와 오징어, 과자를 사 왔다. 그들은 말없이, 땅거미가 내려오는 걸 보면서 소주를 마셨다.

다음 날, 부부 상담을 예약하고 토요일에 병원을 닫고 상담을 받으러 갔다.

상담사의 방에는 각종 상담심리학 책이 가득하고, 여성과 남성의 누드를 추상화로 그린 액자가 벽에 걸려 있었다. 그리고 가정법원 등의 공기관에서 상담사로 위촉한다는 위촉장이 여러 개 액자에 들어 있었다.

"두 분이 섹스리스로 산 지 삼 년은 넘었다는 말씀이군요."

서현경과 이수중은 조용히 시선을 아래로 내렸다. 부부 문제 상담사 앞에 발가벗겨진 기분이 들었다.

"위험신호입니다. 아무리 우스갯소리로 가족 간에 어떻게, 하는 말이 있지만 그럼 가족 말고 다른 쪽에서 성욕을 풀라는 말은 더 안 되죠. '다시 뜨거워지고 싶은 애로부부' 같은 TV 프로그램 아시죠? 거기에 나오는 부부들의 드라마나 실제 상담 사례를 보더라도 성에 대한 소통 없이 부부관계를 풀어나가기 힘듭니다."

이수중이 볼멘소리로 말했다.

"아내가 장인어른 유산을 속이고 저한테 감춘 게 배신감이 큽니다. 이제는 도저히 아내를 받아들이기 힘들어요."

"그 부분은 아내 분이 사과하셔야 합니다. 부부간에 서로 감춘 문제로 인해 고통이 생겨납니다."

서현경도 맞받아쳤다.

"하지만 저는 남편이 인터넷 글로 저를 속여서 이혼을 유도하려고 한 게 괘씸해요."

이수중이 화를 벌컥 냈다.

"내가 얼마나 힘들었으면 그랬겠어? 그건 생각 안 해? 배신감에 잠을 못 이뤘다고!"

"나도 그래!"

상담사가 둘을 진정시켰다.

"진정하시죠. 이제 두 분이 서로 속고 속아 넘어갔죠. 이제는 유산 문제를 클리어하게 밝혔으니, 이젠 어느 정도 해결의 단계로 진입한 겁니다."

상담사는 이어서 이렇게 말했다.

"부부간에도 성에 관해 말하기는 무척 힘듭니다. 두 분은 오늘부터 일주일마다 한 번씩 상담을 받으시고, 제가 드리는 숙제를 반드시 해야 합니다. 일주일에 어떻게든 부부관계를 한 번이라도 시도를 하셔야 해요. 그리고 매일매일 서로 간에 있었던 일이나 공통 화제를 삼십 분은 넘게 소통을 하십시오. 두 분이 같은 직장에 계시니까 할 말이 없지는 않겠지만, 일 얘기 말고 사적인 이야기, 주변 사람들, 영화나 취미 등 그리고 되도록 긍정적이고 재미있는 이야기를 서로 눈을 마주 보고 하세요. 퇴근 후 사적인 영역인 침실에서만 하지 말고, 중간 지점인 거실에서 하도록 하십시오."

이수중과 서현경은 다음 날부터 상담사가 주는 숙제를 풀도록 노력을 했다. 그도 그런 게 매주 상담을 받을 때 숙제 검사를 하고 종종 톡으로 연락을 주니 아예 안 할 수도 없었다.

부부관계를 시도해도 서로를 속였던 가증스러움이 치밀어 올라왔지만, 어찌어찌 시늉은 했다. 문제는 대화였다. 할 말 없이 가만 있다가도 점차 최근 겪은 서로 간에 벌어진 일부터 시작해 처음에는 싸우고 생난리도 치다가 화도 터뜨렸다.

그리고 진정하고 나서는 같이 라면도 끓여 먹고 이야기를 나누었다. 최근에 성형수술 트렌드를 유튜브 영상 보면서 의논했다. 급기야 이러저러한 친구들 이야기며 취미며 요가며 헬스 등의 이야기도 슬슬 나누었다.

그렇게 사 주가 갔고 매주 부부 상담을 받으러 다녔다.

4

부부, 그 아름다운 세계

두 달 뒤, 아직도 가끔 페이스북 '패피생활 레전드'라는 계정에 이수중이 작가를 고용해 쓴 〈저는 불륜하는 사람입니다〉 1과 2회차 글이 종종 다시 올라왔다. 댓글에는 아직도 신상을 털어야 한다는 글이 달렸다.

서현경이 나직하게 침실에서 말했다. 오늘도 숙제를 끝마친 후였다.

"이거 작가 고용해서 글 하나 더 올려야 하지 않아? 그래야 잠잠해지지."

이수중은 고민하다가 옷을 걸쳐 입고 폰을 들었다.

"그래야겠지? 어차피 3회차 올리기로 하고 잔금 남겨뒀으니 쓰라고 해야겠다."

서현경은 이수중의 등을 툭 쳤다.

"이 남자야. 뭐 한다고 그런 일을 꾸며서 이 난리를 만드냐?"

"너도 대단해. 어떻게 물류창고 빌려 돈을 집어넣냐?"

지난주, 서현경은 이수중과 같이 차를 끌고 물류창고에 가서 돈을 찾아와 다시 은행에 집어넣었다. 서현경은 돈을 신탁으로 묶어서 나오는 이자로 병원의 대출 이자를 갚는 데 동의했다.

다음 날, 이수중은 작가에게 분란을 잠재울 글을 올리라고 했다. 부부는 다시 조용히 일상으로 돌아가기로 했다. 한바탕 한여름 밤의 꿈 같은 난리 부르스가 지나가고, 지금은 평온해졌다. 그러다 지금은 부부관계도 하게 되었다. 참으로 신기한 게 남남으로 여기다 부부관계를 서먹하면서도 못 이긴 척 하게 도니 애인을 사귀는 것처럼 새로운 흥분이 고조되었다. 참 못 믿을 게 사람 마음인 걸 깨달았다. 그렇게 헤어지고 싶던 남편과 지금은 조금 설레는 기분으로 대화를 밤마다 나누게 되었다. 가끔은 몸의 대화도 나누게 되고 말이다.

이수중이 마지막으로 부탁한 글은 다음 날 저녁 일곱 시 직장인들의 퇴근 무렵에 올라갔다.

제목: 저는 불륜하는 사람입니다 3
아이디: 병원 쇼핑 환자
조회수: 1225145

저는 반성을 많이 했습니다.
저의 심정을 이해해달라고 하면 너무나 이기적이고 소시오패스 적인 사람일까요.
TV에 나온 어떤 교수님이 그랬어요. 이익형량이란 게 있대요.

서로 충돌하는 기본권의 법익을 비교하고 판단하고 결정하는 일이래요.

전, 정신적 괴로움을 잊고자 쾌락을 선택해 불륜을 했는지도요. 하지만 전 국민적인 관심사가 되고, 저의 개인정보를 캐려는 사람들로 인해 고통에 더 빠지게 됐어요.

결과적으로 더 큰 고통을 얻어 저는 이익형량에서 완전히 패배했습니다.

정말 더 이상은 힘듭니다. 모두들 저를 용서해주세요. 면죄부를 요청하는 글을 더 쓸게요.

그간 저는 그래도 한의원 원장님이나 성형외과 의사 쌤을 밖에서 데이트하러 만나면, 식당을 가고 카페를 가고, 노래방도 갔었습니다. 그냥 건전하게 다녔어요. 하지만 그래도 혹시 불미스러운 행동을 둘이서 은밀한 공간에서 하면 마지막으로 변화가 근처 어느 교회당이고 들어가 회개를 합니다. 저 혼자 하는 회개이지만 하느님은 들어주시잖아요.

그간 공개 글을 게시판에 올림으로써 혼자서 비밀을 지고 나간다는 부담감은 없지만 이제는 수많은 댓글로 죄책감이 느껴지고, 그리고 누군가 신상을 털지 않을까 하는 공포에 이번에는 심리상담소와 신경정신과를 같이 다닙니다. 다시는 이런 짓을 안 저지르려 하고 폰도 번호를 바꿔버렸어요. 이제 이런 불륜을 그치려 합니다.

하지만 지금도 마트 앞에서 이 글을 올리는데 하늘은 화창하고, 식당들은 영업을 준비하고, 병원들은 손님들이 들락날락하고, 모텔촌은 잠잠하고, 그 옆의 어린이집 어린이들은 웃고 떠들면서 등원을 합니다. 정말 우리 동네 전철역 근처에는 병원, 모텔, 교회, 어린이집이 모여 있습니다.

한 마디로 이런 게 산다는 게 아닐까요. 생명력, 활기….

하지만 그런 게 저한테는 없습니다. 부모님 유산으로 먹고살 수 있지만 사랑하는 이가 없이 병원에서 의사 쌤들과 잠깐 죄 많은 사랑을 했습니다.

모두에게 죄송합니다. 걱정을 끼쳤어요.

지금 제 앞에서 자전거를 할머니들이 들어서 거치대에 올리는 모습을 보는데, 저분들의 나이 칠십 대가 되면 그때는 어떤 호감을 갖고 다가오는 사람이 없을지도 모릅니다. 그래서 그릇된 길로 잠시 빠져들었는지요. 젊어서 죄를 지었다고 하면 믿어주실는지요.

이제 다시는 글을 안 올리고 불륜에 빠지지 않으려 합니다. 다만 인터넷에 유포된 제 사진이나 이름, 신상은 제가 아니니 억울한 분들 괴롭히지 마십시오. 그분들에게도 거듭 죄송합니다.

그럼 이만.

Insurance

noun

1 the act or and instance of insuring. 2 a
b a sum paid out as compensation for
3 = insurance policy. 4 a measure tak

paid for this; a premium.
, damage, loss, etc.
provide for a possible contingency.

설계된 죽음

한수옥

1

"여기, 여기 일송 저수지인데요, 안전벨트가, 안전벨트가 고장 나서, 아내가 차에서 빠져나오지 못했어요. 제발, 제발 빨리 와주세요, 제발요…."

119 구조 요청이 들어온 건 어둠이 시작되는 저녁 무렵이었다.

사십 대 중반쯤으로 느껴지는 남자의 다급한 목소리에 119 대원들은 바로 출동했다.

산은 어둠이 빨리 내려앉는 법.

몇 대의 구급차가 가로등도 없는 구불구불한 산길을 돌아 저수지에 도착하니 컴컴한 어둠 속에서 한 줄기 빛이 보였다. 휴대전화 플래시에서 새어 나온 빛이었다. 그 빛의 끝에서 한 남자가 제 위치를 알리려는 듯 손을 크게 흔들며 소리를 지르고 있었다.

"여기예요, 여기!"

그 옆에 차를 세우고 구조대원들이 우르르 내리자 남자가 저수지를 가리키며 외쳤다.

"저기예요, 저기! 저기 제 아내가 있어요. 제발…, 제발 제 아내를 살려주세요…."

아내가 목숨을 잃게 될까 봐 두려운지 남자의 목소리가 몹시도 떨렸다. 울음기까지 담겨 있었다.

남자가 가리킨 곳은 헤드라이트 불빛이 닿지 않았는데 그래서인지 물과 가장자리의 경계도 잘 보이지 않았다. 자동차 역시도 보이지 않았다.

구조가 쉽지 않을 것 같은 예감에 구조대원들의 표정이 잠시 굳어졌지만, 반드시 구해내겠다는 사명감을 안고 그곳으로 뛰었다.

숱한 구조 경험상 배우자를 잃은 슬픔과 고통이 얼마나 사람을 힘들게 하는지 알기에.

"걱정하지 마시고 기다리십시오."

구조팀 팀장인 형석이 신고자를 안심시키는 사이 펑, 소리와 함께 저수지와 그 주변이 환해졌다. 조명탄을 터트린 것이다.

그 바람에 남자의 얼굴이 온전히 드러났고 그 순간 형석의 얼굴이 악귀처럼 일그러졌다. 분노를 참는 듯 꽉 쥐고 있는 그의 주먹이 부들부들 떨리고 있었다.

하지만 남자는 형석의 변화를 알아차리지 못하고 그에게 다급하게 요구할 뿐이었다.

"빨리 구해야 해요, 빨리! 차에 물이 다 찼을지도 몰라요!"

남자의 말이 끝나기도 전에 형석은 몸을 돌려 저수지로 향해 달렸다. 사십 대 중반이라고 믿을 수 없을 정도로 빠른 속도였다.

첨벙, 소리와 함께 형석은 물속으로 뛰어들었고 뒷부분만 남기고 거의 잠겨 있는 자동차를 향해 빠르게 헤엄쳤다. 열려 있는 조수석 문을 통해 조금 전 출발한 다른 팀원들보다 먼저 자동차 안으로 들어갔다.

형석이 여자를 안고 물 밖으로 나왔을 때 그녀의 몸은 축 늘어져 있었다. 마치 의식이 없는 것처럼.

형석의 뒤로 다른 대원들도 물에서 나오고 있었는데 그들의 아래로 주루룩 물이 흘러내렸다.

"여, 여보!"

여자에게로 달려드는 남자를 확 밀쳐버린 형석이 평평한 곳에 그녀를 내려놓고 바로 CPR을 시행했다.

여자의 코를 잡고 입에 숨을 불어넣고 가슴을 압박하고…. 여자를 살리기 위해 필사적으로 매달리는 형석을 바닥으로 내팽개쳐진 남자, 재우가 황당한 표정으로 보았다. 그의 반응이 과하다는 생각을 지울 수가 없었다.

자동차 헤드라이트 불빛에 땀으로 홍건한 형석의 얼굴이 보였다. 그가 뿜어내는 강한 열기로 인해 물에서 나오느라 흠뻑 젖은 옷에서 더운 김이 나오고 있었다.

강하게 압박하는 힘에 여자의 갈비뼈가 부서지는 소리가 들렸지만, 형석은 멈추지 않았다.

형석의 절박한 노력에도 불구하고 멈춰버린 여자의 숨은 다시 돌아오지 않았다. 아니, 차 안에서 빼냈을 때 이미 그녀는 죽은 상태였다. 코와 입에서는 기포가 전혀 나오지 않았고 맥도 잡히지 않았으니까.

다른 소방관들도 그 사실을 알고 있었지만, 혹시 모를 가능성을 기대하며 교대로 CPR을 진행했다.

하지만 더는 아니었다. 무려 이십 분을 시행해도 반응이 전혀 없다면 인정해야 했다.

보다 못한 상철이 형석을 말렸다.

"형님, 그만 하세요. 이미 사망하셨어요."

"비켜! 헉헉! 아직, 아직 안 죽었어!"

형석의 격한 반응에 소방관들은 모두 의아해했다. 어떤 상황에서도 냉정한 사람이 바로 그들의 팀장, 형석이었다. 이렇게 감정적인 모습은 한 번도 보지 못했다.

"팀장님이 왜 저러시지? 혹시 아는 사람인가?"

"그러게. 좀 이상하네."

소방장인 상철 역시도 오늘 형석이 이상하다고 여겼지만, 일단 그를 말리는 것이 우선이었다. 가망이 없다고 생각하고 다른 대원들이 교대를 해주지 않자 형석은 혼자서 계속하고 있었다.

CPR은 몹시 힘이 든다. 혼자서 하기엔 무리가 있다. 형석의 얼굴과 몸에서 쉼 없이 떨어져 내리는 땀과 부들부들 떨고 있는 팔을 보면 알 수 있었다.

"그럼 제가 할게요."

형석 역시 한계를 느끼고 있었기에 바로 몸을 떼어냈고 상철이 잽싸게 형석의 자리로 가서 CPR을 시작했다. 하지만 그녀의 몸은 차갑게 식어갈 뿐이었다.

"사망하셨어요."

십 분 이상 다른 소방관과 교대하면서 CPR을 시행했건만 변화가 없자 마침내 상철이 사망을 선언했다. 여자에게 달려들며 재우가 짐승처럼 울부짖었다.

"안 돼! 안 돼, 여보! 나 혼자 두고 가면 어떻게 해? 나 혼자 어떻게 살라고오…."

아내를 잃은 남편의 처절한 절규에 다들 눈시울을 적셨지만, 재우를 노려보는 형석의 눈빛만은 형형했다. 마치 원수를 보는 눈빛이었다.

여자의 명복을 비는 것처럼 어둠을 집어삼킨 숲은 바람 소리조차 나지 않았다.

숨 막히는 정적 속에서 여보, 여보 부르는 재우의 울부짖음만 간간이 이어졌다.

혐오감을 담아 재우를 노려보던 형석이 주머니에서 휴대전화를 꺼내며 사람들과 거리를 넓혔다. 그러곤 번호를 꾹꾹 눌렀다.

1, 1, 2.

— 일송 경찰서 최이현 형사입니다. 무엇을 도와드릴….

"119 구조대 팀장 김형석입니다. 지금 일송 저수지에 구조하러 왔는데요, 아무래도 남편이 사고로 위장해서 아내를 죽이려 한 것 같습니다."

최이현의 말이 채 끝나기도 전에 형석은 재우에게로 시선을 돌리고 입술을 열었다. 재우를 보는 그의 눈빛에는 미처 갈무리하지 못한 살기가 진득진득 묻어나왔다.

그 순간 묵념의 시간이 끝난 듯 다시 바람이 불기 시작했다.

습기를 잔뜩 머금은 끈적끈적한 바람이 산을 휘저었다. 나뭇잎이 마구 흔들리는 소리가 났다. 형석의 머리칼도, 재우의 머리칼도 바람에 마구 흩날렸다.

휴대전화를 잡지 않은 손으로 머리칼을 쓸어넘기며 형석이 고개를 들어 하늘을 보자 흐려지는 조명탄에 무겁게 내려앉은 구름이 보였다. 당장에라도 비를 뿌릴 것 같았다. 아무래도 태풍이 오려는 것 같다.

2

여덟 시가 지나자 형사실 내부가 조금 조용해졌다.
위잉, 드륵, 위잉, 드륵.
연식이 오래된 에어컨에서 시끄러운 소음과 함께 차가운 바람이 뿜어나왔다. 그럼에도 습도가 높아서인지 기분 나쁜 끈적거림은 여전했다.
이래서 여름이 싫다니까.
리모컨을 들어 제습 모드로 바꾼 후 최이현은 굳은 몸도 풀 겸 두 팔을 들어 올린 채 좌우로 움직였다.
이렇게라도 움직이니 조금 몸이 가뿐해진 것 같다.
천생 형사인 그는 사무실 체질이 아니었다. 현장을 돌아다녀야 기운이 펄펄 났다.
창밖을 보자 여기저기 환하게 켜진 조명들이 보였다. 아파트와 상가들에서 흘러나온 빛이었다.

잠시 틈이 나자 최이현은 주머니에서 휴대전화를 꺼냈다. 사랑하는 하나의 목소리를 들을 시간이었다.

하지만 그것 역시 형사에게는 사치였다. 바로 신고 전화가 울렸던 것이다. 남편이 사고를 위장해서 아내를 죽였다는 신고.

현장으로 출동한 최이현은 먼저 신고자인 형석을 만났다. 신고 내용을 다시 확인한 후 다른 대원들에게도 사실임을 증명받고 용의자인 김재우를 체포했다.

여자의 사체는 최대한 빠른 결과를 원한다는 요구와 함께 국립과학수사연구원으로 보냈다.

경찰서에 도착한 최이현은 이곳으로 오는 내내 "여보."를 부르며 울던 김재우를 조사실로 데리고 가서 의자에 앉혔다. 살해용의자로 신고가 들어온 이상 조사를 해야 했다.

최이현이 김재우의 맞은편에 앉아 노트북을 여는데 그 사이 카메라 녹화 버튼을 누른 민성이 최이현의 옆에 앉았다.

"이름?"

최이현의 질문에도 남자는 대답도 못 하고 넋이 빠진 얼굴로 눈물만 쏟고 있었다.

어둑했던 저수지에서도 그는 사람을 죽일 만큼 독해 보이지 않았는데 환한 곳에서 보니 더 그랬다. 아주 선해 보였다.

자신이 살인범으로 몰렸다는 사실보다는 아내의 죽음을 더 견디기 힘들어하는 것 같았다.

그는 숱한 범죄자들을 잡아들인 강력계 형사 경력 이십 년의 최이현이 전혀 접해보지 못한 종류의 인간이었다.

무해하고 여린 인간.

설계된 죽음　153

지금도 제 상황을 모르고 울고만 있지 않은가.
안고 달래줘야 할 것 같은 기분을 억누르고 최이현이 다시 물었다.
"이름이 어떻게 됩니까?"
그제야 최이현의 목소리를 들었는지 남자가 번쩍 고개를 들고 되물었다.
"예?"
"이름이 어떻게 되냐고요."
"아, 이름이요. 김…재우입니다."
"주민번호는요?"
"주민번호… 주민번호가…, 죄, 죄송해요."
횡설수설하는 남자를 보니 조사를 해도 건질 것이 없을 것 같아 최이현은 하아, 답답한 한숨을 내쉬었다. 다행히 재우는 조금 정신을 차린 듯 주민등록번호를 기억해냈다.
"81…, 810913-1*****이요."
"저수지에는 왜 갔습니까?"
"아내가…, 아내가 바람을 쐬고 싶다고 해서요."
"바람을 쐬러 갔는데 저수지에는 왜 빠졌습니까?"
"아내가 운전이 미숙해서…."
"운전이 미숙한 아내에게 운전대를 맡겼습니까? 그것도 이렇게 어두운 산길을요?"
"아내가…, 아내가 하고 싶다고 해서요."
훌쩍거리면서도 재우가 무슨 질문이든 아내 핑계를 대자 최이현은 짜증이 왈칵 치밀었다. 이 새끼 이거 머저리 아니야? 나이가 마흔이 넘었는데 생각이라는 게 없어?

마마보이가 아니라 와이퍼 허즈번드야 뭐야? 아내 말이면 무조건 다 들어?

그 길은 운전에 능숙한 사람도 사고가 자주 나는 곳이다. 아무리 아내가 원했다고 해도 운전이 미숙한 아내에게 운전대를 맡기는 건 위험하다.

상식적인 남편이라면 아내에게 운전대를 맡기지 않을 것이다.

설마 그것도 저 남자의 계략일까?

아내를 죽이기 위한 계략?

블랙박스를 확인하기 전까지는 재우의 말도 형석의 말도 믿어서는 안 되었다. 형사는 무조건 의심부터 하고 들어가야 하니까.

그게 수사의 철칙이니까.

합리적인 의심을 하며 최이현이 어두운 표정의 재우를 다그쳤다.

"운전이 미숙한 아내한테 운전대를 맡겨 사고로 위장해 아내를 죽이려고 한 겁니까?"

"아, 아니에요! 정말이에요. 아내가 안전벨트가 고장 났다고, 먼저 나가서 신고하라고 했단 말이에요."

억울하다는 듯 남자가 펄쩍 뛰었지만, 안전벨트가 고장 났다는 말은 거짓이었다. 형석뿐만 아니라 형석과 함께 구조하러 들어갔던 구조대원들도 안전벨트에는 이상이 없었다고 했다.

"안전벨트는 이상이 없었습니다. 고장이 아니었어요. 이게 당신이 배우자 살해범으로 구속된 이유입니다."

"정말 아니에요…. 아내가 그랬어요, 아내가…. 어서 나가서 신고하라고요…."
 현장에서부터 김재우의 한결같은 대답이었다. 일관적인 대답. 어쨌든 그건 블랙박스를 확인하면 알게 될 일.
 완전히 잠겨버린 자동차는 내일 아침에 건져내기로 했으니, 그가 거짓말을 한 건지 그의 말대로 아내가 거짓말을 한 건지는 그때가 되면 알게 되리라.
 일단 그 판단은 보류하고 최이현은 다른 질문부터 했다.
 저수지로 가기 전의 상황을 알아야 사건의 정황을 알 수 있을 테니까.
 "저수지로 가기 전에는 뭘 했습니까?"
 "저녁 먹으러 갔어요. 아내가…, 아내가 스테이크가 먹고 싶다고 해서요. 아내가 뭐가 먹고 싶다고 한 건 정말 오랜만이었거든요."
 또 아내.
 오로지 아내의 뜻대로만 움직일 것 같은 이 남편과 사는 아내는 어떤 마음일까?
 행복할까? 아니면 숨이 막힐까?
 잠시 그런 생각이 들었지만 최이현은 김재우에게 계속하라는 눈짓을 보냈다. 그날 저녁의 일을 다 이야기한 뒤 김재우가 조심스럽게 물었다.
 "저, 그런데요, 저 언제쯤 나가나요? 아내 장례를 치러주어야 하는데요."
 살인 용의자로 심문받고 있으면서도 아내의 장례식을 걱정하는 재우의 무구한 얼굴에 최이현은 한숨이 절로 나왔다.
 상황 파악을 못 하는 건지 연기를 하는 건지 모르겠다.

더는 건져낼 것이 없다고 느낀 최이현은 재우에게 자필 진술서를 받고 유치장에 넣었다.

"헛다리 짚은 거 아닐까요? 마누라 죽일 놈같이 보이지 않는데요. 마누라 없으면 아무것도 못 하는 머저리 같아요."

그들의 책상으로 걸어가며 민성이 최이현에게 물었다. 최이현 역시 민성의 말에 100% 공감했지만, 그런 마음은 감추고 생각 없는 아이 나무라듯 타박했다.

"우리가 인상으로 범인 잡아? 증거로 잡지. 선한 얼굴로 사람을 유인해서 죽이는 사이코패스도 있어."

"죄송합니다."

"가족관계 조사해봐. 유족에게 사망 소식을 전해야 할 테니. 난 통화 내역 조회 신청할게."

"예, 형님."

통신사에 김재우의 통화 내역을 신청한 최이현은 형사수첩을 펼쳐 메모를 시작했다.

[일송 저수지 사건]
1. 김재우가 사고로 위장해 아내를 죽였다. 김재우가 안전벨트가 고장 났다고 신고했는데 이상이 없었음. 119 구조대원들의 증언.
2. 김재우의 아내가 김재우에게 거짓말을 했다. 김재우의 일관된 주장. 하지만 왜 그녀가 거짓말을?
3. 말 그대로 사고.

생각을 정리하느라 최이현이 볼펜으로 책상을 톡톡 두드리는데 옆자리에서 마우스를 조작하며 화면을 확인하던 민성이 당황한 목소리로 보고했다.

"형님, 이거 좀 이상한데요. 자식이 둘 있었는데 같은 날 사망한 걸로 나오네요."

"뭐어? 자식이 둘 다 같은 날 사망했다고?"

"예. 뭔가 싸하네요."

"사망 원인은?"

"잠시만요."

키보드와 마우스를 몇 번 조작하더니 민성이 무거운 목소리로 대답했다.

"화재로 인한 질식사네요. 둘 다. 아우, 소름 돋아. 정말 저 자식이 아내를 죽인 게 아닐까요? 저 어리숙하고 선한 얼굴로요."

"그게 언제야?"

급한 마음에 최이현은 대답을 듣기도 전에 자리에서 일어나 민성의 뒤로 갔다. 모니터를 보며 확인하는데 민성의 대답이 들렸다.

"올 3월 9일이니까 딱 5개월 되었네요."

병이 아닌 사고. 그것도 화재로 인한 사고로 5개월 전 두 아이가 죽고 이번에 또 아내까지 물에 빠져서 죽었다면 민성의 말대로 상당히 의심스러웠다.

그 선한 얼굴이 연쇄살인범이었던 그 사이코패스처럼 가면이었나? 아내의 말만 듣는 머저리처럼 행동한 것도 다 계획적인 것이고?

그런데 왜 이렇게 찝찝하지?

왜 형사의 촉이 범인이 아니라고 외치는 거지?

"다른 가족은 없어?"

"예. 양가 어른들은 다 돌아가시고 형제자매도 없네요. 그나저나 한밤중에 불이 났는데 왜 아이들만 죽었을까요? 아이들이 죽는 동안 어른들은 뭐 하고 있었는지, 쯧쯧."

최이현 역시도 같은 생각이 들었다. 아무리 부모가 맞벌이를 할 경우라도 밤에 여덟, 아홉 살짜리 아이들 둘만 집에 둘 것 같지는 않았다. 그 나이의 아이들은 아직 보호자의 보호가 필요하니까.

설마 이 부부도 요즘 사회문제가 되는 아이들을 학대·방임하는 부모였을까?

그만한 아이를 키우고 있는 최이현으로서는 그들 부부가 이해되지 않았다. 무책임한 그들에게 울컥 화가 치밀기도 했다.

"정확한 사고 경위는 내일이 되어야 알 수…."

"잠시만."

민성의 말을 끊고 최이현은 저수지에서 연락처를 교환한 김형석에게 전화를 걸었다.

화재라면 119에 기록이 남아 있을 테니까.

김형석도 최이현의 번호를 저장해두었는지 바로 알아차렸다.

- 최이현 형사님?

"네. 최이현입니다."

- 그 인간이 죄를 인정했나요? 아내를 죽였다고 해요?

죄를 확신한다는 듯한 김형석의 말투에 최이현은 조금 의아해졌다. 물론 안전벨트가 고장 났다는 말과 달리 멀쩡했기에 형석이 재우를 의심할 수는 있지만 재우의 말대로 그의 아내가 거짓말을 했을 수도 있지 않은가. 블랙박스를 확인하기 전에는 모를 일이다.

"아직요. 그것보다 물어볼 게 있어서 전화 드렸는데요, 혹시 올해 3월 9일 밤, H아파트 707호 화재 사건 좀 알아주실 수 있을까요?"

- 아, 그 사건요. 저도 알아요. 제가 출동했었거든요. 늦은 밤, 화재가 발생해서 아이들이 미처 빠져나오지 못하고 둘 다 질식사했죠.

"집에 어른들이 안 계셨나요?"

- 애들 엄마가 노래방을 운영하느라 밤에는 남편이 애들을 보는데 그날따라 남편이 일이 있어서 자리를 비웠대요. 소식을 듣고 달려온 엄마가 죽은 아이들을 보고 울고 오열하다가 쓰러졌죠. 남편은 그때쯤 나타났고요.

5개월 전에 있었던 일을 형석이 정확하게 기억해내자 최이현은 의구심을 느꼈다. 어제 그가 재우를 살인범이라고 몰고 가던 것도 그렇고. 형사의 예민한 촉이었다.

"자세히 알고 계시는군요."

의심을 사고 있다고 느꼈을 텐데도 형석은 기분 나쁜 기색 없이 바로 해명했다.

- 저희 집도 H아파트거든요. 그리고 아이가 잘못된 일은 쉬이 잊을 수가 없죠. 제게도 그 애들만 한 조카들이 있거든요. 남의 일 같지 않았어요.

같은 아파트에서 일어난 일이고 조카들과 비슷한 또래라면 깊이 각인이 될 만한 사건이기도 할 것 같다. 최이현 역시 딸을 낳아 키우게 되면서 아이들이 잘못되는 모습을 보면 더 마음이 쓰이곤

했으니까. 어렵게 낳은 딸 하나는 그의 기쁨이었다. 눈에 넣어도 아프지 않을 것 같다는 게 어떤 의미인지 하나를 키우면서 알게 되었다. 최이현이 얼른 사과했다.

"죄송합니다. 형사다 보니 의심부터 하게 되네요."

– 충분히 이해합니다. 궁금하신 것 있으면 뭐든 물어보세요. 제가 아는 한도 내에서는 대답해드리겠습니다.

귀찮아할 법도 하건만 형석이 협조적으로 나오자 최이현이 형사의 눈빛으로 돌아가 제일 중요한 질문을 했다.

"혹시 화재가 방화는 아니었나요?"

3

다음 날 아침.

최이현은 민성과 함께 일송 저수지로 향했다. 아마 지금쯤 감식반이 물에서 건져낸 자동차에서 증거물을 찾고 있을 것이다.

당장 필요한 건 자동차 블랙박스.

블랙박스를 확인하면 누가 거짓말을 했는지 알게 될 테니까.

김재우의 말대로 그의 아내 강도경이 거짓말을 한 것이라면 김재우는 죄가 없다.

현장에 도착하자 머리에서 발끝까지 하얀 천으로 감싼 감식반들이 증거물을 찾고 있었다. 어디서 냄새를 맡았는지 기자들도 몇 명 보였다. 뭐라도 건지려고 제게로 다가오는 기자들을 밀어내고 최이현은 안면이 있는 감식반 책임자에게 다가가 물었다.

"수고하십니다. 블랙박스는 건졌습니까?"

"아, 최 형사님. 그런데 블랙박스는 칩이 없더라고요. 텅 비었어요."

"칩이 없었다고요?"

"예. 혹시나 해서 자동차 안을 샅샅이 살피고 있는데 아직 찾지 못했습니다."

블랙박스가 없다고?

도대체 누가, 누가 블랙박스 칩을 뺀 거지?

블랙박스 칩은 실수로 빠질 수가 없다. 누군가 의도적으로 뺐다는 뜻이다.

설마 김재우가 뺀 건가?

자신의 거짓말을 숨기기 위해서?

아니야. 어제 김재우의 반응을 봐서는 거짓말 같지 않았어. 블랙박스에 희망을 걸고 있는 것 같기도 했고.

형사 생활을 오래 하다 보면 반은 점쟁이가 된다. 그 촉에 의하면 김재우는 전혀 살인범으로 보이지 않았다.

하긴 김재우가 연기를 하고 있는지도 모르지.

제 이익이나 목적을 위해 연기하는 동물은 인간이 유일하니까.

아무리 중요한 일이 생겼다고 해도 한밤중에 아이들만 두고 집을 비웠고, 그로 인해 두 아이가 목숨을 잃었다는 사실을 알고 나니 최이현은 재우가 곱게 보이지 않았다.

아내와 같은 차에 타고 있다가 혼자 살아서 나온 것도 그렇고.

"다른 증거물은 없나요?"

"운전석 옆 음료 거치대에서 음료가 든 페트병을 찾았는데, 음료가 조금 남아 있더라고요."

"최대한 빨리 성분 분석 부탁드립니다. 그리그 다른 것도 잘 찾아주시고요."

긴급구속을 한 경우 48시간 이내에 사후영장을 받지 못하면 불구속 상태로 수사를 진행해야 한다. 그렇게 되면 증거인멸의 위험성이 있다. 그 사실을 익히 알고 있는 검시관이 흔쾌히 대답했다.
"늦지 않도록 결과 보내드리겠습니다."
"참, 안전벨트는 어때요? 고장이 아닌가요?"
"멀쩡합니다."
감식반이 멀쩡하다고 했으니 안전벨트는 김형석의 말대로 고장이 아니었던 것 같다.
"그럼, 잘 부탁드립니다."
감식반에게 부탁한 최이현은 민성과 함께 주변의 타이어 자국을 살폈다. 바퀴가 지나간 방향을 보니 저수지 쪽으로 핸들이 크게 꺾였고 브레이크 자국은 없었다.
아무리 운전에 미숙하다고 해도 이런 상황에 브레이크를 밟지 않은 건 이상한데.
술이나 약에 취했거나 자살을 시도하는 경우가 아니라면.
민성 역시 그런 생각이 드는지 의아한 목소리로 제 생각을 밝혔다.
"좀 이상하네요. 이렇게 핸들이 크게 꺾였다면 바로 브레이크를 밟았을 텐데 흔적이 전혀 없어요. 마치 일부러 저수지에 뛰어든 것처럼요. 설마 자살하려고 한 건 아니겠죠? 자식을 둘 다 잃고 힘들어하다가 동반 자살을 시도했는데 마지막 순간 남편의 마음이 변했을 수 있죠."
"확실한 증거가 나오기 전에는 말조심하자. 여기 기자들 깔렸다."

"예, 형님."

기자라는 말에 민성이 얼른 대답하며 주변을 살폈다. 형사가 가장 조심해야 할 사람은 범인이 아니라 기자.

국민의 알 권리 운운하며 생각 없이 퍼 나른 기사 때문에 곤란했던 적이 여러 번이었다. 욕을 먹는 거야 다반사니 그러려니 하지만, 수사에 혼선이 생길 때에는 정말 죽이고 싶을 만큼 미웠다.

최이현은 휴대전화를 꺼내 현장 사진을 찍었다. 감식팀에서 어련히 다 찍어 전달해주겠냐마는 그는 사진을 찍고 그 아래 메모를 바로바로 하는 방식으로 수사를 진행하곤 했다.

사진 아래에 최이현은 메모를 남겼다.

저수지 쪽으로 핸들이 크게 꺾였고 브레이크를 밟지 않았음.
사고? 자살? 음주? 약물?

주변을 꼼꼼히 살피고 사진도 충분히 찍은 후 최이현이 자동차로 걸어가며 민성에게 명했다.

"가자."

"서로 들어가요?"

"김재우가 사는 아파트에 가보자고. 뭐라도 하나 건지지 않겠어? 김재우랑 강도경이 아이들에게 어떤 부모였는지, 부부 사이가 어땠는지."

손등으로 이마의 땀을 닦으며 최이현이 대답했다. 아직 아홉 시도 되지 않았는데 날씨가 벌써 푹푹 찌고 있었다. 공기는 여전히 습했다.

차에 올라 시동을 켜자 후텁지근한 바람이 훅 다가왔다. 냉기를 아직 만들지 못한 에어컨에서 뿜어내는 바람이었다. 얼굴로 쏟아지는 더운 바람에 짜증이 치밀어 최이현은 그만 에어컨을 꺼버렸다. 버튼을 눌러 창문을 내려보았지만, 안으로 들어오는 자연 바람 역시 불쾌하긴 마찬가지였다. 여름은 여름이었다.

* * *

제일 먼저 만난 사람은 경비 아저씨였다. 생각했던 것과 달리 부부에 대한 평이 좋았다.
"그 집 부부들 아주 사람들이 좋았어요. 먹을 거 있으면 나눠주기도 하고 인사도 잘하고요."
"아이들은요? 아이들에게도 잘했나요?"
"그럼요. 애들이라면 부부 둘 다 아주 절절맸죠. 애들도 착했어요. 요즘 애들과 달리 인사성도 바르고요. 그런 애들이 그리 죽었으니 부모 맘이 어땠겠어요? 애들 엄마가 아이들이 생각나 도저히 살 수 없다며 몇 번이나 자살 시도를 했었는데요, 그때마다 남편 덕에 살았죠. 아내를 붙들고 당신이 없으면 내가 어떻게 사느냐고 우는데 가슴이 미어지더라고요."
그럼 이번에도 여자가 자살을 하려고 했는데 남자가 미처 막지 못한 것인가?
아내가 죽으려고 마음을 먹었다면 고장 나지 않은 안전벨트를 고장 났다고 거짓말을 했을 수도 있다.
어젯밤 아내를 잃고 슬픔을 주체하지 못한 채 망연해 하던 그를 떠올리면 그게 맞는 것 같았다.

몇 사람을 더 조사해보았지만, 다른 사람들의 생각도 비슷했다. 부부 사이는 나쁘지 않았고 아이들이 화재 사고로 죽고 난 후, 몹시 힘들어 했다는 거.

"강도경이 혼자 죽으려고 거짓말까지 해가면서 남편을 차에서 내보낸 게 아닐까요?"

최이현 역시 충분히 가능성이 있는 이야기라고 생각했다. 그렇게 되면 김재우는 죄가 없다. 아내의 말에 속았을 뿐이니까.

하지만 이렇게 사건을 끝낼 수는 없었다. 사건을 하나 맡으면 의문이 풀릴 때까지 파헤쳐야 하는 최이현의 성정상 좀 더 조사를 해봐야 했다.

아파트 단지에서 나온 최이현은 어제 김재우가 강도경과 함께 갔다던 레스토랑으로 향했다. 저수지에 가기 전 두 사람이 마지막으로 보낸 곳이기에 그곳에서 무언가를 찾아낼 수 있을지도 모르니까. 예를 들어 두 사람이 격하게 싸웠다든지.

그렇다면 강도경의 자살이 아닌 김재우가 강도경을 살해한 쪽으로 결론이 날 수도 있다.

CCTV를 확인해본 결과 그곳에서도 두 사람의 불화를 찾아낼 수 없었다. 결혼 생활 십 년이 넘은 부부라고 보기에 남편이 아내에게 다정해도 너무 다정했다. 직원들 역시 그렇게 얘기했다. 남자가 너무 잘해줘서 불륜이 아닐까 의심했다고.

그 어디에서도 김재우가 강도경을 살해할 만한 동기를 찾을 수가 없었다.

* * *

 무거운 마음으로 경찰서로 돌아온 최이현은 조사실로 재우를 불렀다. 하룻밤 사이에 그의 얼굴은 몹시 상해 있었다. 영락없는, 소중한 배우자를 잃은 남편의 모습이었다. 여기저기서 호의적인 평을 들어서인지 최이현은 재우가 안쓰럽기도 했다.
 "식사는 하셨습니까?"
 "아내 얼굴이 아른거려서… 밥이, 밥이 넘어가지 않아요."
 "억지로라도 드십시오."
 "…예."
 세상이 무너진 표정으로 마지못해 대답하는 재우를 보며 최이현은 형광펜이 그어진 통화 내역서를 내밀며 물었다.
 "이 사람은 누구입니까? 매일 두세 번씩, 그것도 통화가 길어질 때엔 한 시간 이상씩 통화를 했던데요?"
 아무리 그가 안되어 보인다고 해도 수사를 대충 할 수는 없었다.
 탐문 조사를 마치고 돌아오니 김재우의 통화내역서가 도착해 있었는데 유독 한 사람과의 통화가 잦고 길었다. 만약에 김재우가 강도경을 죽였다면 이 사람과 공모했을 가능성이 짙었다.
 "…지, 지금 노래방을 맡아서 봐주는 사람이에요. 아이들이 잘못되고 난 후… 아내가 가게를 볼 상황이 아니었거든요. 전 아내가 걱정되어 아내 옆을 비울 수 없었고요."
 김재우가 고개를 숙이고 있는 바람에 그의 눈동자가 흔들리는 것을 보지 못한 최이현은 노래방을 맡아서 하는 사람이라면 그렇게 자주 통화할 수 있다고 이해하고 넘겼다. 목소리가 떨리는 것도 아내를 향한 걱정 때문이라고 생각했다.

탐문 조사 결과, 아이들이 죽은 후 강도경이 여러 번 자살 시도를 했다는 말을 들었으니까 김재우가 아내 옆을 비울 수 없었다는 말도 맞는 것 같고.

이번에도 강도경이 자살을 시도한 것인가.

자살하려고 할 때마다 매번 방해를 하니까 강도경이 안전벨트가 고장 났다고 거짓말을 해서 남편을 차에서 내보냈을 수도 있다.

물론 김형석의 말대로 김재우가 아내를 살해했다는 의혹 역시 완전히 배제할 수는 없고.

블랙박스 칩이 사라졌다는 말을 하기 전에 혹실히 물어봐야지. 패를 다 까고 심문하는 건 경험 없는 형사나 하는 짓이니까. 최이현이 슬쩍 떠보았다.

"이번에도 강도경 씨가 자살을 시도한 건가요?"

"아니요! 자살이라뇨, 절대 아닙니다! 그냥, 그냥 사고일 뿐이에요."

말도 안 된다는 듯 재우가 자리에서 벌떡 일어나며 반박했다. 슬픔에 젖어 대답도 잘하지 못하고 그저 아내 핑계만 대던 어제와는 아주 다른, 확고한 말투였다.

그동안 어리숙하게 보인 모습이 가면이 아니었나 싶을 정도여서 당황스럽기까지 했다.

"아이들이 잘못된 후 강도경 씨가 죽고 싶다는 말을 달고 살았다고 하던데요. 지금 김재우 씨 아파트에 다녀오는 길입니다."

"한동안 그러긴 했는데 두 달 전쯤부터 아내가 힘을 냈어요. 다시 열심히 살아보자고 하더라고요. 소방대원으로부터 아이들의

설계된 죽음

유품을 받았는데 정신이 번쩍 들더라고요. 죽은 아이들에게 부끄러운 엄마가 되고 싶지 않다고 했어요. 가지고 있던 수면제도 다 버리고 더는 약을 찾지 않았다고요. 그러니 절대 자살은 아니에요!"

"마음이 약해질 수도 있잖아요. 자살 충동을 완전히 버리기엔 두 달은 짧아요."

"아니요. 아내는 한번 정한 마음을 바꾸지 않아요. 거짓말을 혐오하고 약속을 반드시 지키는 사람이거든요."

"아내를 신뢰하는군요."

"네…."

"당신 말대로 강도경 씨가 거짓말을 혐오하는 사람이라면 거짓말은 당신이 했겠네요. 안전벨트가 고장 났다는 거짓말이요."

"제가 왜 거짓말을 해요? 블랙박스 아직 확인 안 하셨어요? 블랙박스 확인했으면 아실 거 아니에요? 그냥 사고라니까요, 사고!"

최이현이 강하게 압박했건만 재우는 여전히 자신의 무고함을 주장했다.

"블랙박스에는 칩이 없었습니다."

"예에? 그게 무슨…."

"당신이 칩을 없앤 겁니까?"

"제가, 제가 그걸 왜 없애요? 제 말을 증명할 수 있는 유일한 증거물인데요."

"당신의 거짓말을 숨기기 위해서겠죠. 김형석 대원이 안전벨트가 고장 났다는 걸 의심하지 않았다면 모두 당신 말을 믿었을 테니까요."

"!"

흔들리는 재우의 눈빛을 똑바로 직시하며 최이현이 압박했다.

"아내의 자살을 사고로 위장하려 한 겁니까, 아니면 사고로 위장해서 아내를 죽인 겁니까?"

"아니에요. 둘 다 아니라고요. 아내는 자살하지 않았고요, 전 제 아내를 죽이지 않았어요! 우리가 왜 그런 짓을 하겠어요?"

왜 이렇게 자살이 아니라고 강력하게 주장할까?

잘못하다간 자기가 살인범이 될 수도 있는데?

혹시 보험금 때문일까?

자살은 보험금이 나오지 않으니까.

요즘 보험금 때문에 하도 인명사고가 많이 발생해서 보험금 내역을 알아보라고 지시를 내렸는데 아직 서류가 도착하지 않았다.

당혹해 하며 어쩔 줄 몰라 하던 재우가 해결책이라도 떠올린 듯 자리에서 벌떡 일어나며 대답했다.

"아, 그 남자, 그 남자가 이상해요!"

"그 남자라니요?"

"절, 절 살인범으로 신고한 그 119 대원이요. 꼭 아내를 아는 사람 같았어요. 가만히 있다가 급하게 물로 뛰어 들어가 아내를 안고 나왔거든요. 안전벨트도 그 남자가 고쳤을 수 있어요. 블랙박스 칩도 그 남자가 빼갔을 수도 있고요. 베테랑 119 대원이면 뭐든 할 수 있잖아요."

"그 남자가 왜 그런 짓을 해요?"

"절 범인으로 몰아가려고요. 그 남자 제 아내랑 정말 아는 사람 같았다니까요. 아내랑 노래방에서 만나 특별한 사이가 되었을 수도 있잖아요."

"당신 아내가 김형석과 불륜일 거라고 의심하는 겁니까? 조금 전, 당신 입으로 아내는 거짓말을 혐오한다고 해놓고서요?"

"…그게, 그게 아니면 말이 안 되잖아요! 어제 아내를 살리겠다고 그놈이 아주 미친놈처럼 날뛰었단 말이에요!"

재우의 말이 석연치는 않았지만, 최이현 역시 형석에 대해 의구심을 가졌던 참이라 그냥 흘려들을 수는 없었다. 어차피 형석 역시 증인으로 경찰서에 출두해야 하니 이참에 불러서 확인을 해봐야지.

재우에 대한 심문을 마치고 나온 최이현은 증언이 필요하다며 형석에게 경찰서에 출석해달라고 요구했고, 형석은 마침 시간이 된다며 바로 경찰서로 오겠다고 했다.

4

어제와 달리 평상복을 입은 형석이 경찰서 형사과에 들어오자 최이현이 그를 맞았다.

"번거롭게 해서 죄송합니다."

"아닙니다. 당연한 일인걸요."

불편한 기색 하나 없이 당당한 표정의 형석을 데리고 최이현은 조사실로 들어갔다. 형석에게 자리를 권하며 양해를 구했다.

"녹화를 해도 되겠습니까?"

"예. 괜찮습니다."

"앞으로 할 진술이 김형석 씨한테 불리해질 수도 있어요."

"정말 괜찮아요. 전 죄지은 게 없으니까요."

형석이 거리낌 없이 당당하게 대답하자 최이현은 카메라를 켠 후 형석의 맞은편에 앉았다. 저수지에서 증언한 내용을 다시 확인한 후 최이현이 형석에게 물었다.

"혹시 고인인 강도경 씨와 아는 사이였습니까?"

예상하지 못한 질문이었는지 형석이 멈칫하는 사이 최이현이 말을 이었다.

"김재우 씨가 당신이 의심스럽다고 하더군요. 아내랑 아는 사이인 것 같다고요. 블랙박스 혹시 당신이 없앴습니까? 사실대로 얘기해주세요."

하아, 한숨을 내쉬고 마른세수를 하던 형석이 결심했는지 최이현을 똑바로 보며 대답했다.

"고인이 아니라 고인의 남편을 압니다."

"예에? 강도경 씨가 아니라 김재우 씨를 안다고요?"

"예. 김재우는 제 아내, 아니 이젠 전 아내가 된 박영신의 상간남입니다."

생각지도 못한 스토리에 최이현은 미간을 구겼다. 뭐가 이렇게 줄줄이 엮여나오는 건지, 정말 이상한 사건이 아닐 수가 없었다. 사건의 동기를 찾아냈나 싶으면 그것을 의심할 만한 상황이 또 드러난다.

김형석으로부터 남편이 아내를 살해한 것 같다고 신고를 받긴 했지만, 용의자가 사람을 죽일 주변머리가 없는 것 같기도 하고 워낙 일관되게 주장해서 아내의 자살을 막지 못한 게 아닌가 추정했다.

한데 블랙박스가 사라지고 나니 자살을 막지 못한 게 아니라 자살을 방조한 게 아닌가 싶었다.

김형석의 말을 듣고 나자 이제는 자살 방조가 아닌 살해 쪽으로 의심이 든다.

마치 누군가가 때를 기다리다가 수사의 방향이 정해지나 싶으면 새로운 사실을 하나씩 툭툭 던져주는 것만 같다.

누군가에게 휘둘리는 거 딱 질색인데….

못마땅함에 최이현이 표정을 굳히는데 김형석의 진술이 이어졌다.

"고인의 두 아이들이 죽은 것도 그 두 사람 때문입니다. 김재우가 박영신과 만나 불륜을 저지르는 동안 어린아이들만 있는 집에서 불이 났고 미처 피신하지 못한 아이들이 죽었으니까요."

이건 무슨 개소리!

최이현의 입에서 욕설이 튀어나올 뻔했다.

"어떻게 아셨습니까? 그날 밤 두 사람이 불륜을 저질렀다는 거요?"

"김재우의 집에 불이 나던 그날도…, 그 연놈들은 제집에서 그 짓거리를 했어요. 집 안에 다른 남자의 흔적들이 있기에 제가 집에 CCTV를 달아놨었거든요. 필요하다면 증거로 제출하겠습니다."

손발을 부들부들 떨고 있는 형석의 얼굴에는 억누를 수 없는 분노가 어려 있었다.

최이현 역시도 분노가 치솟았다. 급한 일이 있어서 아이들만 있는 집을 비웠다고 하더니 그 급한 일이 다른 여자와 외도라니?

아이를 낳고 난 이후, 삶의 모든 기준이 아이를 중심으로 움직이는 최이현으로서는 이해가 되지 않는 일이었다.

"그래 놓고선 아내를 챙기는 남편 역할에 심취해 있더라고요. 처음엔 제 죄를 반성하나 했어요. 자기 불륜 때문에 아이들이 죽었으니 평생 속죄하는 마음으로 살려나 보다 그렇지요."

인간이라면, 인간이라면 당연히 그랬을 텐데.

김형석의 표정을 보아하니 김재우는 그러지 않은 것 같다. 더 추악한 이야기가 나올 것 같아 최이현이 미간을 구기는데 형석이 감정을 추스르는 듯 크게 심호흡을 하곤 말을 쏟아냈다.

"그런데 아니더라고요. 거의 매일 제 아내를 만나더라고요. 아이들이 죽고 제 아내가 가게를 챙길 여력이 없자 김재우 그 쓰레기 같은 인간은 가게를 아예 박영신한테 맡겼어요."

가게를 맡은 사람이 김형석의 전 아내이자 김재우의 상간녀인 박영신이었다고?

하루에도 숱하게, 오래도록 통화를 한 이유는 가게 때문이라고 했는데 그것 역시 거짓말. 김재우는 거짓말을 아주 입에 달고 사는 나쁜 놈이었다.

김재우를 향한 배신감에 최이현은 치를 떨었다. 살인 용의자로 붙잡혀 왔지만 이상하게도 최이현은 재우가 살인을 했다고는 믿기지 않았다.

그래서 자살을 방조한 게 아닐까 하는 쪽으로 생각이 더 기울었다.

한데 그게 아니었다. 김재우는 선한 외모, 어리숙한 태도와는 달리 자식을 잃고 절망에 빠진 아내를 농락하는 철면피였다.

"어디 그뿐인 줄 아세요? 수면제에 취해 아내가 잠든 사이 몰래 빠져나와 그 여자가 지내는 오피스텔로 갔어요…. 둘 다 인간도 아니에요. 그 사실을 알고 전 이혼했어요."

불륜은 기혼자의 역린. 최이현 역시 김형석이 분노하는 마음을 충분히 이해했다. 결혼은 서로에게 정조를 지키겠다는 약속이니까. 최이현도 제 아내가 다른 남자와 불륜을 저질렀다면 평정심을 갖지는 못하리라. 아마 그 남자도 죽이고 아내도 죽이고 자신도 죽지 않았을까 싶다. 아, 그건 안 되겠네. 그렇게 되면 자기 딸이 살인자의 딸이 될 테니까.

딸, 하나가 생긴 후에는 딸을 보호해야 하는 게 최우선이 되었기에 딸을 위해서라면 살인은 못 할 것 같았다.

예부터 아이를 낳아야 어른이 된다는 말을 숱하게 들어왔는데 최이현 역시 딸 하나를 키우면서 그 말이 근거 없는 말이 아님을 실감하게 되었다.

자식이 없었다면 참지 않았을 일도 참게 되고 제 성격에 절대로 하지 않았을 일도 자식을 위해서라면 하게 되었으니까.

김재우에 대한 실망감과는 별개로 최이현은 김형석에게 의심이 생겨버렸다. 제 아내의 상간남을 살인범으로 돌아넣기 위한 마음에 블랙박스 칩을 없앴을 수도 있으니까.

아직도 최이현은 블랙박스가 어디로, 왜 사라졌는지 의문을 품고 있었다.

"그래서 김재우 씨를 살인범으로 몰려고 블랙박스 칩을 없앴습니까? 복수하려고요?"

"그건 또 무슨 말이에요? 제가 블랙박스 칩을 어떻게 없애요? 사람도 겨우 구해 나왔는데. 같이 들어갔던 대원들에게 물어보세요. 제가 그럴 틈이 있었는지요."

신고를 받고 저수지에 갔을 때 안전벨트가 고장 난 상태였는지 아닌지만 확인했다.

"잠시만요."

조사를 잠시 멈추고 최이현은 민성에게 전화를 걸었다. 어제 일송 저수지에 출동했던 119 대원에게 팀원을 보내 어제 상황을 자세히 듣고 형석이 블랙박스 칩을 빼낼 가능성이 있는지 꼭 확인하고 오라고 지시했다.

그런 후 최이현이 형석에게 다시 물었다.

"그럼, 강도경 씨랑은 한 번도 만나지 않았습니까? 저 같으면 만나서 불륜 사실을 얘기해주었을 텐데요. 속고 있는 것을 두고 보기 힘들었을 것 아닙니까?"

"……."

대답이 바로 나오지 않은 것을 보니 형석이 강도경을 만났던 것 같다.

"만나셨나 보군요. 무슨 이야기를 하셨습니까? 혹시 두 사람의 불륜을 알렸나요?"

"…사실 다 까발려주려고 간 건 맞아요. 그런데 말하지 못했어요. 말을 할 수가 없었어요. 강도경 그 여자가 너무 아슬아슬해 보였거든요. 사실대로 얘기했다간 그 여자가 삶의 끈을 놓을 것만 같았어요. 전 사람을 살리는 소방관이지 죽이는 사람이 아니거든요. 그래서 그냥 위로만 전하고 왔습니다."

떨리는 목소리, 흔들리는 눈동자. 최이현은 형석이 거짓말을 하고 있다고 확신했다. 다그치듯 물었다.

"그걸 믿던가요? 뜬금없이 연락해서 위로만 전하는데, 이상하게 생각하지 않았어요?"

"위로만 전한 게 아니니까요. 화재 원인을 조사하느라 챙겨갔던 물품 중에 아이들 것도 있었어요. 그것을 돌려주러 왔다니까 믿어주었어요. 그걸 붙잡고 하염없이 우는데 너무 가슴이 아파서 보고 있기가 힘들었습니다."

목이 메는지 형석의 말끝이 살짝 떨렸다. 가식인지 진심인지 파헤치려고 최이현이 빤히 쳐다보았지만, 형석은 시선을 피하지 않았다. 오히려 최이현을 몰아쳤다.

"어쩌면 두 연놈이 짜고 그 여자를 죽였을지 몰라요. 요즘 아주 돈 쓰는 맛이 들렸거든요. 노래방에서 버는 돈들 아주 흥청망청 쓰더라고요. 보험은, 보험은 알아봤어요? 박영신 그 여자가 보험 설계사라 강도경을 죽일 생각이었다면 강도경 앞으로 생명보험을 들었을 거예요."

"자료 요청해두었습니다. 곧 나오겠지요."

안 그래도 김재우와 강도경의 재산 상황과 보험계약 내역을 요청한 상태였다. 박영신이 소속된 보험회사의 내역을 더 꼼꼼히 살펴야겠다고 생각하며 최이현이 물었다.

"강도경 씨와 만난 장소는 어디입니까?"

"아파트 단지 앞에 있는 JJ카페요."

그 장소에 간다고 해도 둘이 어떤 대화를 나누었는지는 알 수 없겠지만, 그래도 그때의 분위기를 기억하는 사람이 있을 수 있다.

형석은 강도경에게 김재우와 박영신의 불륜을 이야기하지 않았다고 하지만, 만약, 아주 만약에 그가 불륜 사실을 밝혔다면 강도경이 살 의욕을 잃고 자살을 시도한 건지도 모르니까.

생때같은 자식을 둘이나 잃고 겨우겨우 살아가던 여자가 남편의 외도를 알게 되고, 자식들이 죽은 것도 남편의 외도 때문이라는 것을 알게 되면 더는 살고 싶지 않을 것이다.

저 같았다면 죽더라도 복수를 하고 죽겠지만, 강도경의 성격을 모르니 그건 아직 판단하기에 이르다.

어쨌든 한 가지는 확실하다. 두 달 전, 강도경이 김형석을 만난 후 심경에 변화를 일으켰다는 사실.

김재우도 그러지 않았던가.

소방대원으로부터 아이들의 유품을 받은 후 아내가 힘을 냈다고. 아이들에게 부끄러운 사람이 되지 않겠다며 최선을 다했다고.

강도경이 그 두 달을 어떤 마음으로 살았는지 알게 되면 사건 해결에 도움이 될 텐데.

그리고 박영신과 김재우가 불륜 중이라면 두 사람이 공모해서 강도경을 살해했을 가능성도 있다.

* * *

"사람 겉만 보곤 모른다고 하더니 정말이네요. 그 어리숙한 인간이 아내를 속이고 그렇게 바람을 피웠을 줄 몰랐어요. 아내 걱정은 엄청 하는 것 같더니 그거 역시 다 연극이었나 봐요."

조사를 끝내고 김형석을 돌려보낸 후 민성이 하, 헛웃음을 짓더니 최이현에게 김재우 욕을 하기 시작했다.

"박영신인가 하는 여자도 조사해봐야 하는 거 아닌가요? 김형석 말대로 두 사람이 공모해서 강도경을 죽였을 수도 있잖아요?"

민성과 같은 생각을 하긴 했지만 최이현은 다른 생각 또한 하고 있었다.

"조사해봐야지. 일단 강도경이 그 두 달을 어떻게 보냈는지 알아봐야 할 것 같아. 두 달 동안 재산 변동이 있는지도 알아보고. 만약 남편의 불륜을 알았다면 강도경이 제 앞으로 해둔 재산을 다른 곳으로 돌렸을지 모르니까."

김재우 부부가 살고 있던 집의 등기부 등본을 떼어보았더니 대출이 많긴 해도 아내 명의로 되어 있었고 노래방 역시 강도경 명의였다. 만약에 남편의 외도를 알게 되었고, 금쪽같은 두 자식을 남편 때문에 잃게 되었다면 강도경은 남편에게 아무것도 주고 싶지 않으리라.

자살을 하든 이혼을 하든 그녀의 모든 재산은 다 남편이 차지할 테니까.

어쨌든, 김재우에게 박영신이라는 상간녀가 있다는 사실을 알게 되자 경우의 수가 더 추가되었다.

김재우와 박영신이 공모해서 강도경을 사고로 위장해서 죽였을 가능성.

김형석과 강도경이 공모해서 김재우와 박영신에게 복수하려고 했을 가능성.

강도경이 독자적으로 복수를 위해 일을 벌였을 가능성.

일단은 박영신의 오피스텔과 노래방부터 가봐야겠지. 두 사람이 불륜임을 확인하는 게 제일 우선이니까.

박영신의 오피스텔에 가서 CCTV를 확인한 결과 김형석의 말이 맞았다. 매일같이 김재우가 박영신과 함께 오피스텔에 와서 몇 시간씩 지내고 갔다.

박영신을 만나보려 했는데 그녀는 오피스텔에 없었다. 노래방에도 없었다. 대신 노래방을 보고 있던 직원에게서 중요한 사실을 전해 들었다.

"영신 씨가 그랬어요. 조만간 남자 사장님이랑 결혼할 거라고요. 그럼 이 노래방은 완전히 제 것이 될 거라고요."

이혼을 할 경우에는 노래방을 영신이 차지하기 힘들다. 강도경이 절대로 넘겨주지 않을 테니까. 그런데도 그렇게 확실하게 얘기했다면 강도경의 죽음을 예상했다는 뜻 아닌가.

"혹시 강도경 씨가 속을 터놓고 얘기했을 만큼 친한 사람은 없었나요?"

"친한 사람요? 전 잘 모르겠어요. 강 사장님이 속내를 잘 드러내는 사람이 아니었거든요."

"혹시 기억나는 거 있으면 언제든지 연락주세요."

최이현이 명함을 전해주고 돌아서는데 뒤늦게 생각이 났는지 그녀가 들뜬 목소리로 그를 붙잡았다. 반가운 일이 아닐 수 없었다.

"아, 있어요. 그런 사람. 시내에서 카페를 운영하는 사장님인데요, 강 사장님이랑 절친이라고 했어요. 여기 몇 번 놀러온 적도 있고요."

"카페 위치가 어디인지 아십니까?"

"그럼요. 빵과 커피가 맛있기로 소문난 집인걸요."

* * *

맛집으로 소문난 집이라고 하더니 직원이 가르쳐준 카페는 손님들로 바글바글했다. 카운터를 보고 있는 삼십 대 후반의 여자가 직원이 말한 강도경의 절친 같았다.

최이현은 그녀에게 다가가 물었다.

"혹시 강도경 씨라고 아십니까?"

"친구예요. 그런데… 누구세요?"

경계 어린 눈빛으로 여자가 묻자 최이현이 명함을 내밀며 제 소개를 했다.

"일송 경찰서 최이현 형사입니다."

"그런데 왜…, 혹시 도경이한테 무슨 일이 생긴 건가요?"

무언가 안 좋은 일이 생긴 걸 예감한 듯 여자의 목소리가 떨렸다.

"잠시 조용히 얘기할 수 없을까요?"

카운터를 직원에게 맡긴 여자가 최이현을 구석진 테이블로 이끌었다. 자리에 앉기도 전에 여자가 물었다.

"도경이한테 무슨 일 생긴 건 아니죠?"

"돌아가셨습니다."

"아니에요. 그럴 리 없어요. 어제 낮에도 만났단 말이에요."

"사실입니다. 남편이랑 차를 타고 저수지에 빠졌는데 남편만 빠져나오고…."

"어떻게 해, 우리 도경이…. 가엾어서 어떻게 해…."

여자의 눈에서 눈물이 금방 흘러내렸다. 절친이었다고 하더니 정말 강도경을 아낀 것 같았다. 잠시 감정을 추스를 시간을 주는 동안 직원이 아이스 아메리카노와 쿠키를 놓아주고 갔다.

"강도경 씨가 혹시 자살할 가능성은 없나요?"

"아니에요! 요즘 얼마나 열심히 살았는데요. 아이들에게 논술을 가르치고 싶다고 요즘 학원에 다닌 걸요. 죽은 아이들 생각해서라도 열심히 살겠다고 했어요."

"노래방은 어쩌고요?"

"팔려고 내놓았다고 들었어요. 노래방은 정말 도경이의 적성에 맞지 않았어요. 남편이라는 인간이 도경이 부모님이 물려준 유산을 사업한다고 다 날리고, 받아야 할 돈 대신 노래방을 하나 넘겨받았거든요."

하, 어이가 없네. 장인 장모가 물려준 재산 다 털어먹고도 무슨 염치로 바람을 피워? 아내 핑계만 댈 때도 황당하기 그지없었는데 이거야 원. 이현이 할 말을 잃고 어이없어하는데, 여자의 말이 이어졌다.

"남편 명의로 했다간 정말 아무것도 남지 않을 것 같다고 노래방을 도경이 명의로 했는데 명의가 문제가 아닌 것 같다고 하더라고요. 노래방이 적자가 난 거예요. 남편에게 더 맡겼다간 아이들과 길바닥에 나앉을 수 있다면서 도경이가 가게를 맡았어요."

"……."

"새벽에 들어와 아이들 아침 준비해서 학교 보내고 나서 잠들고 아이들 올 시간 되면 깨어나 애들 챙기고요. 숙제고 뭐고 도경이가 다 챙겼어요. 그 남편이라는 인간이 하는 거라곤 밤에 잠자는 아이들 보는 거밖에 없었는데…."

여자로부터 강도경의 인생에 대해 듣는데 최이현은 속이 갑갑해졌다. 무능한 남편으로 인해 밤에 나와 노래방을 운영해야 했던 여자. 원칙주의자였던 그녀가 불법임을 알면서도 도우미를 불러주어야 했던 상황에 느껴야 했던 자괴감.

그 와중에 금쪽같은 자식들을 잃고 죽으려 했던 여자.

그러다 자식들을 생각하고 삶의 용기를 낸 여자.

여자의 얘기를 들을수록 최이현은 강도경이 자살을 했다는 가설은 지울 수밖에 없었다.

몇 군데 더 돌아다니며 탐문을 하고 경찰서로 가자 여러 서류들이 도착해 있었다. 위에 있는 서류는 강도경의 저산 변동 사항이었는데 전혀 변화가 없었다. 거금이 이체된 곳도 없었다. 이것으로 강도경이 김재우의 외도를 알았다는 가설은 버려졌다. 그녀가 자살했다는 가설 역시도 완전히 버려졌다.

그다음 열어본 서류는 강도경의 보험서류였다. 모두가 예상한 대로 사망 보험금이 증액되어 있었다.

그것도 박영신이라는 여자가 설계한 보험만 무려 10억으로.

김재우와 박영신이 공모해서 강도경을 죽였다는 심증이 생겼다. 하지만 그것으로 살인을 증명하지는 못한다. 실제로 그런 사례가 여럿 있었지만 무죄로 풀려난 경우가 더 많았다.

확실한 증거가 필요했다.

믿을 건 과학수사대와 부검 결과뿐이었다.

감식반과 부검의를 닦달하기 위해 이현은 휴대전화를 꺼내 들었다.

5

 최이현이 재촉한 덕분인지 다음 날 오전, 국립과학수사연구원에서 결과를 받을 수 있었다.
 - 아, 최 형사. 강도경의 최종 사인은 익사가 맞는데 혈액 속의 졸피뎀 농도가 너무 높아. 그 정도면 의식이 없었을 거야.
 의식이 없을 정도로 약에 취해 있었다고?
 그래서 저수지를 향해 핸들을 꺾었던 거구나. 브레이크도 밟지 않았고.
 약물에 취해 있던 강도경이 멀쩡한 목소리로 김재우에게 안전벨트가 고장 났으니 신고하라는 말을 했을 리 만무하다. 그러니 김재우가 지금껏 했던 말은 다 거짓말. 아내를 사랑하는 남편인 척한 것도 제 혐의를 벗기 위한 연극.
 아내를 죽이고 사고로 위장하려 했겠지만 그건 내가 용납 못 하지. 강도경이 자살했을 가능성이 없으니 졸피뎀은 분명 김재우가 먹였을 터.

감사하다고 인사를 한 후 최이현은 과학수사대의 감식반에 전화를 걸었다.

- 페트병에서 졸피뎀 성분이 검출되었어. 아주 농도가 짙어. 이 정도 농도로 거의 한 병을 마셨다면 운전 못해. 아마 의식을 잃었을 거야.

"국과수에서도 그렇게 얘기하더군요. 페트병에서 지문은 나오지 않았습니까?"

- 김재우랑 강도경의 지문이 나왔어.

김재우의 지문이 나왔다면 이제 김재우는 용의자로 확정이다. 이 정도 증거면 김재우의 영장청구도 가능하리라.

다행이라고 생각하고 있는데 검시관이 더 반가운 소식을 전해주었다.

- 그리고 자동차 안에서 강도경이 아닌 다른 여자의 머리칼과 체모가 나왔어. 다 동일인이야.

박영신의 머리칼과 체모일 거라는 확신이 섰다.

"박영신 긴급구속하고 김재우와 박영신 압수수색영장도 신청해. 아, 김재우와 박영신 사후영장도 신청하고."

그 이후로 수사는 급물살을 탔다.

검소한 강도경의 집과 달리 박영신의 오피스텔에는 그녀가 구입한 명품들이 수두룩했다.

지난 5개월, 김재우와 박영신이 돈을 펑펑 써대느라 대출이자는 밀려 있는 상태였고 남은 잔고도 거의 없었다.

사망 보험금이 필요할 만했다.

김재우의 휴대전화에서는 '사고로 위장해서 죽이는 법' '물에 빠지면 얼마 후에 죽나?' 등 사람을 죽이는 방법을 찾기 위한 기록들이 있어서 혐의점은 점점 짙어졌다.

다만 김재우가 졸피뎀을 구매한 이력이 없어서 난감했는데 박영신을 뒤져보니 졸피뎀을 처방받아 구매한 기록이 있었다. 그것도 무려 한 달분이나.

"김재우, 이제 인정해! 네가 강도경을 죽였다고! 네 휴대전화에서 살인을 준비한 기록이 나왔고 강도경의 혈액에서 졸피뎀이 상당량 검출되었어. 운전석 옆에 있던 음료병에서도 네 지문이 나왔고. 네가 강도경에게 졸피뎀을 먹인 거지? 그것도 의식을 잃을 만큼 많은 양을 먹이고 저수지로 차를 몰아간 거 아니야? 사고로 위장해서 강도경을 죽이려고!"

자신을 살인범 대하듯 몰아붙이는 이현의 말에 재우는 아득해졌다. 관공서 드나드는 것도 불편해 동사무소 가는 것도 아내에게 모두 맡기던 그였는데 유치장에서 며칠을 새고 나니 모든 것이 두렵기만 했다.

처음 구속되었을 때만 해도 블랙박스만 찾으면 풀려날 줄 알았다. 그런데 점점 더 상황이 나쁜 쪽으로 흐르는 것만 같았다.

속을 뒤집어 보여줄 수 있으면 얼마나 좋을까?

"아니라고요! 물에 빠져서도 아내의 정신은 명료했어요! 저보고 나가서 신고하라고 했다니까요. 아, 아내가 저보고 나가라고 해놓고 스스로 졸피뎀을 먹은 게 아닐까요? 자살하려고요."

그렇게 자살은 아니라고 하더니 제가 살인범이 될 상황이 되니까 강도경을 자살로 모나 보다. 하지만 이제 더는 저 선하고 무해해 보이는 얼굴에 속지 않는다. 최이현이 김재우를 압박했다.

"당신이 그러지 않았나? 당신 아내는 절대로 자살을 했을 리 없다고."

재우 역시도 그렇게 생각했었다. 지난 두 달 동안 아내에게서는 그 어떤 자살 징후도 찾아볼 수 없었으니까.

미래를 준비하는 모습뿐이었다.

하지만 자신은 졸피뎀을 손에 쥔 적도 없으니 아내의 혈액에서 졸피뎀이 나왔다면 아내가 스스로 먹었다는 것 말고는 다른 가능성이 없었다.

"그렇긴 한데요, 전 정말 졸피뎀을 아내에게 먹이지 않았으니까요. 제가 어디서 졸피뎀을 구했겠어요?"

"강도경 역시 구한 이력이 없어. 병원도 그렇고 인터넷도 그렇고. 딱 한 사람 졸피뎀을 대량으로 구매한 사람이 있지."

"그 사람이 누군데요?"

"박영신. 당신의 상간녀."

최이현의 입에서 박영신이라는 이름이 나오자 재우의 심장이 덜컥 내려앉았다. 숨기고 싶었던 자신의 밑바닥이 드러나고 말았다. 흔들리는 목소리로 재우가 물었다.

"그, 그걸 어떻게…."

"당신이 박영신 오피스텔 드나든 증거도 다 확보했고 둘이 주고받은 SNS도 다 확인했어. 아주 기가 막히더만."

부끄러운 마음에 재우가 고개를 숙이는 동안 최이현이 그를 더 압박했다.

"그 여자가 무려 한 달 치의 졸피뎀을 처방 받아 구매했더라고.

그 여자가 당신에게 건넨 거지? 강도경에게 먹이고 저수지에 빠뜨리라고."

외도를 한 건 잘못이다. 아이들만 두고 영신을 만나러 나갔다가 아이들을 죽게 한 것도 그의 잘못이었다. 하지만 맹세코 아내를 죽이지는 않았다.

"아니요! 아니라고요! 전 아내한테 졸피뎀을 먹이지 않았다고요! 영신이한테서 받은 적도 없고요! 살인에 대해 조사한 적도 없어요!"

김재우가 자신의 무죄를 강하게 항변했지만 최이현의 눈빛은 싸늘하기만 했다. 살인범을 보는 눈빛이었다. 모든 것이 절망스러웠다.

게다가 그는 휴대전화로 살인에 대해 검색한 기억이 없었다.

도대체 누가 내 휴대전화로 살인에 대해 검색을 했을까?

그러고 보니 요즘 저도 모르는 사이 잠에 자주 빠져들었다. 주로 박영신과 함께 있을 때 그랬다.

영신과 어쩔 수 없이 불륜을 이어가고 있지만, 재우는 영신이 점점 무서워졌다.

처음 노래방을 맡아 운영할 때 재우는 도우미로 온 영신과 만났다. 그를 한심해 하는 아내와 달리 영신은 싹싹하면서도 애교가 넘쳤다. 영신과 함께 있으면 남자가 된 듯했다. 그래서 그녀에게 빠져들 수밖에 없었다.

가게 돈을 빼돌려 그녀에게 갖은 선물을 했다.

적자가 나자 아내가 가게를 맡아 운영하게 되었고 능력이 뛰어난 아내는 금방 가게를 키웠다. 당연한 결과였다. 아내는 운이 좋은 여자였으니까. 아무리 노력해도 그가 따라갈 수 없는 사람. 노력하는 놈, 운 좋은 놈 못 당한다고 하지 않던가.

운 좋은 아내에게 가게를 맡기고 백수 생활을 즐기는 삶이 나쁘지 않았다. 공기가 탁한 지하에서 하루 여덟 시간 이상씩 보내야 하는 건 그에게 고역이었으니까. 아이들을 재워두고 영신과의 불륜을 즐기는 시간도 더없이 황홀했다.

그러다가 그 일이 터졌다. 영신을 만나러 나간 사이 집에 화재가 나서 두 아이가 죽은 사건.

아이의 죽음을 확인한 후 오열하다 기절한 아내의 모습을 본 후 재우는 잘못을 깨달았다. 자기로 인해 아이들이 죽었다는 죄책감에서 벗어날 수가 없었다.

그래서 영신에게 이별을 고했지만 그녀는 찰거머리처럼 그에게 달라붙었다. 오히려 그를 협박했다. 제 뜻대로 해주지 않으면 아내에게 사실대로 얘기하겠다고.

그 사실을 알게 되면 아내는 절대로 용서치 않을 것이다. 끊어내야겠다고 결심하면 더없이 냉정한 여자였으니까. 그래서 재우는 영신의 뜻을 따라줄 수밖에 없었다.

요즘 들어 영신이 아내와 이혼하고 자기와 결혼하자고 졸랐지만 재우는 그러고 싶지 않았다. 아내는 그에게 몹시 버거운 상대였지만 또한 그가 의지할 수 있는 유일한 존재였으니까. 재우가 몇 번 사업을 말아먹었지만, 길바닥에 나앉지 않은 건 다 아내 덕분이었으니까.

'결혼은 안 돼, 영신아. 난 아내 못 버려. 나 때문에 애들이 죽었는데 어떻게 아내까지 버려?'

'난 당신 때문에 이혼까지 당했는데 당신은 아내랑 계속 살겠다고?'

'이혼하면 아내가 죽을지도 몰라. 너도 알잖아. 얼마 전까지 아내가 계속 자살 시도를 했던 거.'

'그럼 그냥 내버려 둬. 그 여자가 죽으면 모든 게 다 해결되는 거 아니야? 그 여자 명의로 된 재산도, 가게도 다 오빠 차지가 될 거고 오빠는 자유로워지는 거지. 재산 다 정리해서 우리 다른 동네 가서 살자, 응? 내가 잘할게.'

그때 알았다. 아내보다도 영신이 훨씬 더 독한 여자라는 것을. 이제 아내는 죽었고 형사들도 영신과 불륜이라는 것이 다 들통났는데 영신의 존재를 숨길 필요가 없지.

"살인에 대해 조사한 것도 영신일 거예요. 영신일 만나러 갔다가 그냥 잠든 경우가 여러 번이었거든요. 휴대전화는 지문으로 잠겨 있으니 잠든 후 제 지문을 이용해서 열었을 수 있잖아요."

며칠 전 아내가 그랬다. 휴대전화 잠금장치를 지문에서 패턴이나 비밀번호로 바꾸라고. 지문은 너무 위험하다고. 잠들거나 쓰러진 후에 누군가가 손만 가져다 댄다면 언제든지 휴대전화는 열릴 수 있다고.

"어제까지는 뭐든 아내 핑계를 대더니 이젠 상간녀한테 다 뒤집어씌우는 건가?"

"미루는 거 아니에요. 영신이가 그랬어요. 아내가 죽으면 모든 것이 해결된다고요. 제가 다시는 안 만나겠다고 했더니 저 모르게 아내를 만났더라고요. 보험료 증액도 그 여자가 아내랑 얘기해서 올린 거란 말이에요."

두 달 전쯤, 도경이 정신 차리기 시작했을 때 재우는 영신과의 위험한 관계를 끊어내야겠다고 독하게 결심했다. 영신과의 관계가 지속되면 영민한 아내가 눈치챌지 모른다는 우려 때문이었다.

그래서 며칠 만나주지 않았더니 아내와 만나고 있었다.

그때 얼마나 놀랐던지. 재우는 또다시 영신에게 끌려다닐 수밖에 없었다.

"그러니까. 당신은 죄가 없다? 모든 것이 박영신이 벌인 일이다?"

"…예."

"당신 남자 맞아? 뭐든 다 남 핑계밖에 못 대? 그 아래에 달린 거 떼버려. 넌 남자 자격이 없어. 남자 망신만 시키는 놈이야!"

최이현의 일갈에 재우의 얼굴이 벌겋게 달아올랐다. 고개를 들 수 없을 정도로 창피했다. 하지만 창피하다고 안 한 죄를 뒤집어쓸 수는 없지 않은가. 자식도 나 때문에 죽었는데, 아내까지 내가 죽였다는 오명은 쓰고 싶지 않았다. 재우가 필사적으로 매달렸다.

"그래도 전 아니에요. 다 박영신이 그런 거예요. 저도 그 여자한테 협박 많이 당했어요. 아이들 잘못되고 나서 바로 헤어지려고 했는데 놓아주지를 않더라고요. 저랑 헤어지면 아내한테 이른다고 협박했어요. 안 만나주니까 아내랑 만나더라고요. 그런데 제가 어떻게 해요…."

하, 이거야 원.

바람은 같이 피워놓고 죄는 다 여자에게 미루는 격 아닌가.

이제는 환멸스럽기까지 했다. 강도경이 김지우와 살면서 얼마나 속을 끓였을까? 저도 이렇게 답답해 죽을 것 같은데. 한심한 눈빛으로 재우를 보며 최이현이 다그쳤다.
"야밤에 아내한테 노래방 맡겨두고 바람피운 놈인데 그 끝이 좋을 거라고 생각했어?"
"제가 맡긴 거 아니에요. 아내가 맡겠다고 했어요. 아내가 하고 싶다고."
"하, 당신 아내가 그 일을 하고 싶어 했다고? 당신 아내가 노래방을 하면서 얼마나 자괴감에 빠졌는지는 알아?"
"아니에요. 아내는 그 일을 정말 좋아했어요. 가게 운영을 아주 잘했다고요. 운이 좋은 여자이기도 하고요."
"그 좋았던 운이 당신을 만나면서 다 떠나갔나 보지. 강도경의 부모님이 돌아가신 것도! 재산을 말아먹은 것도! 아이들이 죽은 것도 다 당신을 만난 후에 벌어진 거잖아!"
속이 부글부글 끓어올라 최이현이 겁박하듯 소리치자 충격으로 김재우의 눈동자가 마냥 흔들렸다.
"강도경 친구가 그러더군. 강도경은 노래방을 정말 하고 싶어 하지 않았다고. 죽고 싶어질 정도로 싫어했다고."
"!"
"당신 아내는 그래도 가족들과 살아보려고 그 싫은 일을 하고 있었는데 넌 속 편하게 바람을 피워? 그러다가 자식들을 화재로 죽게 해? 네가 인간이야? 인간이냐고!"
김재우의 얼굴이 하얗게 질려갔다. 힘든 내색을 잘 안 하는 아내라 그런 생각을 가진 줄은 몰랐다. 아내와 아이들을 향한 죄책감에 고개를 들 수가 없었다.

* * *

김재우가 죄를 인정하지 않자 최이현은 박영신을 압박했다.
"이제 그만 인정하라니까! 사망 보험금 때문에 김재우와 공모해서 강도경을 죽인 거잖아!"
위압적인 최이현의 말에 영신은 몸을 움츠렸다. 겁이 나 죽을 것만 같았다.
오피스텔에서 늦잠을 자다가 잠결에 구속된 지 벌써 하루. 영신은 제게 일어난 일이 믿어지지 않았다.
두 달 전쯤 보험 상담을 하고 싶다며 연락해온 도경이 이혼을 생각하고 있고 노래방은 적성에 맞지 않는다며 재산 분할로 남편에게 넘길 거라고 했다. 하여 조만간 재우와 행복하게 살 꿈을 꾸고 있었는데 이게 무슨 날벼락이란 말인가?
저랑 재우가 공모해서 강도경을 죽였다니?
제가 졸피뎀을 구해 재우에게 넘겼다니?
영신이 졸피뎀을 처방받아 넘겨준 건 맞다. 하지만 그녀가 넘겨준 사람은 재우가 아닌 도경이었다.
남편이 실망하는 모습을 보고 싶지 않다며 당분간 비밀을 지켜달라고 해서 지켜주었을 뿐이다.
"아니에요. 그 여자가 먼저 제안했다고요. 사망 보험금을 증액하자고요."
"죽은 사람은 말이 없다 이겁니까? 그런데 어쩌지요? 이미 증언한 사람이 있는데…."
"그, 그게 무슨 말씀이세요? 누가 증언을 해요?"

당혹스러워 되묻자 최이현이 대답했다.

"강도경 씨가 친구에게 그랬답니다. 보험 설계사가 하도 권해서 보험금을 증액했다고. 보험금 노리고 널 죽이면 어쩔 거냐고 당장 해지하라고 하자 알았다고 했는데…."

"아니에요, 아니라고요! 이건 다 그 여자가 벌인 수작이라고요! 그 여자가 쇼한 거라고요! 우리에게 복수하려는 거라고요!"

"무슨 복수요?"

"저랑 재우 오빠때문에 아이들이 죽었으니까요."

"강도경 씨는 죽을 때까지 두 사람이 불륜 사이인 걸 몰랐습니다."

"아니에요. 알았을 거예요. 그 여자가 얼마나 무서운 여자인 줄 알아요? 그 여자가 얼마나 머리가 좋은지 아세요? 이건 다 그 여자가 짠 판이라고요. 저랑 재우 오빠를 바닥으로 떨어뜨리기 위해서요."

영신은 이제야 알 것 같았다. 지금까지 저랑 재우는 그저 강도경의 수작에 놀아난 것이다. 저랑 재우를 살인범으로 몰아넣으려는 계략. 둘 사이를 아내에게 들키면 끝장이라고 재우가 벌벌 떨 때만 해도 한심하게 여겼는데 아니었다. 재우의 말대로 강도경은 무서운 여자였다.

"재우 오빠가 저랑 바람난 것도 다 그 여자가 오빠의 숨통을 조였기 때문이에요!"

"어떻게 숨통을 조였는데요?"

"오빠가 그랬어요. 아내 앞에서는 초라해진다고. 아내의 눈빛에서 저를 한심하게 생각하는 게 느껴진다고요."

"한심한 놈을 한심하게 보는 건 당연한 거 아닌가요? 제가 보기에도 김재우 그놈은 찌질함 그 자체예요. 이번 일도 다 당신이 그런 거라고 하던데요. 김재우가 잠든 사이에 당신이 지문으로 제 휴대전화를 풀어서 살인계획을 검색했을 거라고요."

"아니라고요! 저랑 그 여자가 나눈 통화 기록 그런 거 찾아보세요. 드라마 보니까 대화도 다 복원해내고 하던데."

"다 찾아봤습니다. 하지만 그 어디에도 그런 말은 없더라고요."

그제야 영신은 도경이 제게 부탁했던 말이 생각났다. 휴대전화를 사용하지 않으니 연락할 일이 있으면 집으로 오라고. 만약에 집에 없으면 메모지를 붙여달라고.

그러니 기록 따위가 남아 있을 리 없다. 완전히 덫에 걸린 기분이다.

* * *

김재우와 박영신이 죄를 인정하지 않는 상태로 두 사람은 구치소로 이송되었다. 사건이 발생했을 때부터 인터넷 기사가 제법 올라왔었지만, 이젠 메이저 신문사와 방송사에까지 그들의 파렴치한 범죄를 다루기 시작했다.

지난 8월 9일 밤. 일송 저수지에서 자동차가 빠져 아내가 사망하는 사건이 있었는데요. 경찰 조사 결과 남편과 내연녀가 아내를 죽이고 아내의 재산과 보험금을 차지하려고 벌인 사건이었습니다. 내연녀는 졸피뎀을….

기사를 읽은 사람들은 분노했고 그 와중에 카페를 운영하던 강도경의 친구가 그 사건의 전말을 인터넷에 올리면서 일이 일파만파로 퍼졌다.

불륜도 용서 못 하는데 그로 인해 금쪽같던 두 아이가 죽었고 아내까지 살해하려고 했으니 극형에 처해야 한다고 난리였다.

사태가 심각해지자 박영신은 변호사를 요구했다. 하지만 돈이 없는 그녀는 제대로 된 변호사를 선임할 수 없었다.

이제 강도경이 죽었으니 그녀의 재산은 모두 김재우에게 상속될 터.

김재우를 졸라서 비싼 변호사를 구해야겠다고 생각하며 영신은 김재우를 만나게 해달라고 최이현을 졸랐다.

그렇게 만들어진 자리.

"오빠, 정신 차려. 우리가 다 뒤집어쓰게 생겼다고. 빨리 상속 진행해서 변호사부터 구하자, 응?"

수갑 찬 영신이 김재우를 조르자 최이현이 찬물을 끼얹었다.

"강도경의 재산은 김재우에게 상속되지 않습니다."

"그게 무슨 말이에요? 아내가 죽으면 남편이 재산을 상속받는 거잖아요?"

"피상속인을 살해한 경우에는 상속권을 박탈당합니다. 그것도 모르고 일을 벌였습니까? 형사를 바보 얼간이로 알아요?"

"죽인 거 아니라니까요! 다 그 여자가 벌인 일이라고요! 오빠, 말해봐. 다 그 여자의 계략이잖아, 응? 우리가 죽인 거 아니잖아?"

펄펄 뛰는 영신을 보며 재우는 요 며칠 머릿속에서 떠나지 않던 기억을 떠올렸다.

두 달 전쯤이었다. 간만에 둘이서 맥주도 한 잔씩 하면서 분위기가 좋았던 날이었다.

"당신, 아이들이 죽던 날, 누구 만나러 나간 거야?"

"친구."

"어떤 친구?"

"대학 친군데 당신은 잘 모를 거야. 외국에 나갔던 친구인데 십 년 만에 들어왔다고 보자고 하는데 거절을 못 하겠더라고. 그래도 나가지 않았어야 했는데 미안해…."

차마 진실을 얘기할 수 없어 거짓을 대자 아내가 저를 빤히 보면서 물었다.

"진짜야? 우리 아이들을 걸고 맹세할 수 있어?"

그때 아내의 눈빛은 마치 심판관의 눈빛과도 같았다. 섬뜩한 마음이 들었지만, 아내의 질문에 대답하지 않을 수는 없었다.

"…응. 맹세할게."

"알았어. 맹세한다고 하니까 믿을게."

아내가 순순히 믿어주자 재우가 안도하는데 아내가 말을 덧붙였다.

"지금 이 말이 거짓이라면 아이들을 죽인 벌을, 나를 속인 벌을 받게 될 거야. 우리한테 미안하다면 그 벌은 순순히 받아줘. 약속해줄 거지?"

어쩌면 아내는 그때 이미 그의 불륜 사실을 알아차렸나 보다. 그 외도로 인해 아이들이 죽었다는 것도.

하긴 그렇게 영민한 아내가 제 외도를 눈치채지 못할 리 없었다. 그는 아내에 비해 허점투성이니까.

아마 그때부터 차근차근 덫을 놓았겠지.

영신까지 엮어 넣기 위해 졸피뎀을 영신이 구하도록 하고.

잠든 사이 그의 지문을 이용해 휴대전화를 열어 살인계략을 짜는 것처럼 검색을 하고 드라이브를 핑계 삼아 저수지로 향하고 고장 나지도 않은 안전벨트를 고장 났다고 그 혼자 자동차 밖으로 내보내 그를 거짓말쟁이로 만들고.

그런 후에 블랙박스 칩을 버리고 졸피뎀을 마셨겠지.

하지만 누가 나를 믿어줄까?

나조차도 믿어주기 힘든데.

재우와 영신에게 모든 혐의가 가도록 만든 것도 다 도경의 계략일 것이다.

그래, 아내와 약속했으니 이제 벌을 받아야지.

무죄가 된다고 해도 지옥은 마찬가지일 테니까.

영신은 찰거머리처럼 제게 달라붙어서 제 모든 것을 쪽쪽 뽑아 먹을 것이다. 영신과 함께 사는 것보다는 교도소가 나을지도 모른다.

적어도 마음은 편해질 테니까.

마음을 정한 재우가 영신을 보며 입을 열었다.

"영신아, 우리 그만 인정하자. 우리가 강도경을 죽였다고."

"오빠, 미쳤어! 그런 거짓말을 왜 해? 아니라고 얘기해! 이거 증거능력 있단 말이야!"

청천벽력 같은 말에 영신이 펄쩍 뛰었지만 재우는 담담하기만 했다. 모든 것을 다 내려놓은 표정이었다.

"알고 하는 소리야. 죄를 지으면 벌을 받아야지, 안 그래?"

재우가 죄를 인정하자 최이현은 속으로 환호성을 지었다. 일단 김재우가 죄를 인정했으니, 사건은 해결된 것이나 다름없었다.

사건 기록과 함께 최이현은 사건을 검찰로 송치했다. 그가 수사해야 할 사건은 이것 하나가 아니니까.

6

 두 달 후 재판이 열렸다. 그사이 재우와 영신의 죄악은 인터넷에서 사방으로 퍼졌다. 시사 교양 프로그램에서도 이 사건을 다루었고 그로 인해 재우와 영신을 향한 비난은 이루 말할 수가 없었다.
 네티즌 수사대에 의해 그들의 신상이 까발려진 건 당연했고 불륜이라면 치를 떠는 사람들의 몰매를 맞았다.
 검찰로 송치되던 날, 그들에게는 계란과 차마 입에 담을 수 없는 욕들이 숱하게 날아들었다.
 "자녀가 죽은 후 배우자의 심신이 미약해진 틈을 타 상간녀에게 가게를 맡기고 아내가 새로운 삶을 살려 하자 불륜이 들통날까 봐 두려워 아내에게 치사량의 약물을 먹이고 저수지에 빠뜨려 죽인 죄는 몹시 크고 무겁다…. 이에 본 재판관은 피고 김재우를 무기징역에 처한다."
 판결이 내려지자 김재우는 고개를 푹 숙이며 굵은 눈물을 뚝뚝

흘렸다. 하지만 그 누구도 그를 가엾게 여기지 않았다.

판사의 판결이 이어졌다.

"김재우의 공범인 박영신은 증거가 명확한데도 아직 죄를 뉘우치지 않고 있기에 중형을 처하지 않을 수가 없다. 피고 박영신을 징역 25년에 처한다."

"아니야! 난 살인을 공모하지 않았어! 난 그 여자한테 졸피뎀을 줬다고!"

판사의 판결에도 영신은 고개를 뻣뻣이 든 채 자기가 죄를 짓지 않았다고 바락바락 소리를 질렀고 보다 못한 판사는 법원 경위를 불렀다.

방청석에 앉아 영신이 질질 끌려가는 모습을 지켜보던 형석은 그날을 떠올렸다.

6월 14일 강도경과 만났던 그날을.

제 이야기를 듣고 하얗게 질려가던 도경을.

그러곤 냉정한 얼굴로 말하던 그녀를.

"당신은 내게 불륜 사실을 알리지 않은 거예요. 얘기하러 왔다가 차마 얘기하지 못한 거예요. 그 사실을 알면 내가 죽을 것만 같아서요."

"그게 무슨…."

"그럼 우린 그들에게 복수할 수 있을 거예요. 내 아이들을 죽게 만들고 당신의 믿음을 배신하고 절 배반한 두 사람에게요."

"설마, 죽으려는 건 아니겠죠? 죽는 건 복수가 아니에요. 최고의 복수는 행복하게 사는 거예요."

"제 행복은 아이들 옆으로 가는 거예요. 그 한심한 남편과 살았던 건 아이들 때문이었으니까요. 무능한 남편이었지만 아이들에게 좋은 아빠였거든요. 한데 그것도 착각이었나 봐요. 집에 어린애들만 두고 여자 만나러 간 거잖아요."

형석이 더 설득해보았지만 그녀의 뜻은 완강했다. 결국 그가 물었다.

"…전 뭘 하면 되죠?"

"아무것도요. 그냥 때가 오면 옆에서 의심만 살짝 불어넣어 주세요. 과하면 절대 안 돼요. 오히려 탈이 날 수 있으니까요."

두 달 동안 아무 소식이 들려오지 않기에 강도경이 털어버리고 잘 사나 했다. 한데 저수지에서 김재우의 얼굴을 확인한 순간 강도경이 얘기한 때가 그때임을 알았다.

지금 저들에게 중형이 내려진 걸 보면 강도경의 계획이 성공했다는 뜻이겠지.

두 연놈에게 제대로 복수했으니 이제 하늘에서 아이들과 행복하게 웃었으면 좋겠다. 문득 올려다본 하늘이 무척이나 맑았다. 흐린 구름이 완전히 가신 청명한 가을 하늘이었다.

시소게임(seesaw game): 주로 경기에서, 두 편의 득점이 서로 번갈아 올랐다 내렸다 하면서 접전을 벌이는 일.

시소게임

한새마

1

재수가 아내를 죽여야겠다고 생각한 건 입대 하루 전 돼지국밥 집에서였다. 그때 재수의 나이는 스물셋, 무직에 미혼이었다.

택시 운전으로 생계를 꾸려나가던 아버지는 다리를 다쳐 몇 달째 일을 나가지 못했다. 새어머니가 재수의 대학등록금을 책임질 리도 만무했다. 하는 수 없이 정한 도피처가 군대였다.

전날 밤부터 새벽까지 퍼마신 위장에 뜨끈한 돼지국밥을 밀어 넣고 있던 재수는 벽걸이 TV에서 눈을 뗄 수 없었다. 지나간 시사 프로그램이 재방송 중이었다. 음 소거 상태였지만 화면 하단의 자막만으로도 전달하고자 하는 뉴스가 뭔지 충분히 알 수 있었다.

- 교통사고로 외국인 아내 사망! 살인 혐의로 기소된 남편, 살인죄 벗자 보험금 청구 소송해!
- 외국인 아내 살인 혐의 무죄! 90억 보험금 소송에서 승소!

90억!

전 세계 인구가 80억도 못 되는데.

세계 인구 수보다 많은 돈.

평생 개처럼 벌어도 손에 쥐어보지 못할 돈.

몇백만 원이 없어서 자신은 죽기보다 싫은 군대에 들어가는데….

그날부터 재수의 버킷리스트 첫 번째 칸은 아내를 위해 항상 비워두었다.

2

 작년 겨울 은애는 남편에게 칼을 휘둘렀다. 차들이 시궁쥐처럼 몰려왔다가 사라지곤 하는 공원 주차장에서였다.
 벚꽃 피는 봄철 외엔 인적이 드문 공원이었다. 공원 입구에 푸드 트럭조차 없는 이곳은 불륜 남녀의 '성지'였다.
 남편의 검은색 그랜저가 희미한 가로등 아래 오래도록 서 있었다.
 마음속 시소가 움직이기 시작했다.
 지금 당장 앞차로 달려가 차 문을 열고 운전석과 조수석을 향해 마구 칼을 휘두를까? 아니면 이대로 차에 시동을 켜고 집으로 돌아갈까?
 작년에 무리해서 얻은 신도시 청약 아파트와 몇 년은 둘이서 손가락만 빨고 살아야 겨우 갚을 수 있는 대출금과 호주로 유학 보낸 아들 녀석까지 시소의 한쪽에 자리를 잡았다. 그러자 한쪽으로 기울어진 시소가 올라오지 않았다.

은애는 떨리는 손으로 차에 시동을 걸었다.

그때였다. 그랜저 차 문이 열렸다. 올챙이 배를 한 남편이 느릿느릿 운전석에서 내렸다. 남편은 양손으로 바지춤을 추켜올리며 주위를 두리번거렸다. 그러더니 오른손으로 바짓가랑이를 쓱 훑는 게 아닌가.

저렇게나 역겨운 만족감과 자만심이 어린 몸짓이라니, 참을 수가 없었다. 은애는 그대로 칼을 집어 들고 차 부으로 뛰쳐나갔다. 씩씩대는 은애와 은애의 손에서 부들부들 떨고 있는 칼을 발견한 남편은 소릴 쩍 질렀다.

"아니, 이 돼지 같은 년이 미쳤나?"

"뭐? 돼, 돼지 같은 년?"

"그래! 너도 네 꼴 좀 봐라. 입장 바꿔놓고 너 같으면 너 같은 뚱뚱한 년하고 하고 싶을지!"

"으아아악!"

은애는 남편의 올챙이 배를 향해 칼을 들고 달려들었다.

남편의 두툼한 아랫배에 스크래치를 조금 낸 게 다였는데, 이 일로 은애는 말 그대로 집에서 쫓겨났다. 양육권도 빼앗기고 도리어 양육비를 줘야 하는 입장이 되었다. 접근금지 명령도 받았다.

친정엄마 혼자 지내는 낡은 연립 아파트로 돌아온 은애는 한동안 제 방에 틀어박혀서 인터넷 쇼핑만 했다.

"으이구, 속에 천불이 나서 내가 그놈의 인터넷 끊어버리든가 해야지!"

며칠 뒤 친정엄마가 인터넷을 끊어버렸다. 은애는 인터넷 연결을 할 수 없다는 메시지만 떠 있는 컴퓨터 모니터를 들여다보며 애꿎은 마우스 휠을 검지로 긁어내렸다. 그러다가 윗집 아랫집의 와이파이 주소에 접속해보기 시작했다. '*1234567890'이라는 비밀번호를 눌러보았다. 이런 걸 알고 있는 이유는 십 년 전쯤 은애가 인터넷 고객센터 개통팀에서 전화상담사로 일을 했기 때문이다.

십 년 전까지만 해도 주인이 직접 바꾸지 않는 한 처음 인터넷을 설치할 때 기계마다 부여된 비밀번호가 모두 같았다. 은애도 귀찮아서 애초에 인터넷 회사에서 기계마다 설정해놓은 비번 그대로 사용했다. 물론 지금은 기계마다 다른 비밀번호를 주는 걸로 알고 있다.

어쨌든 여기는 몇십 년 된 연립 아파트이고 친정엄마처럼 오랫동안 이사를 가지 않고 살고 있는 사람들도 있으니까.

다행인지 연결되는 집이 있었다. 바로 아랫집이었다.

아랫집 사람의 컴퓨터 안에 다이어리 파일이 있었다. 은애는 아랫집 사람들을 떠올렸다. 다리가 불편한 아저씨와 비쩍 마른 몸매의 아줌마가 떠올랐다. 아들이 호주로 유학 가기 전에 외갓댁을 찾을 때마다 종종 마주치곤 했다.

은애는 다이어리 파일을 클릭했다. 마우스 휠을 움직이는 손이 떨리기 시작했다.

3

 국제결혼 맞선 여행을 위해 하노이에서 출발해 하이퐁에 도착한 바로 다음 날이었다. 재수에게 준비된 매칭은 다섯 번이었다.
 맞선녀들을 위해 출국 전 면세점에 가서 한국 화장품 세트와 명품 향수를 샀었다. 현지에서 통역을 도와주기로 한 박인구 매칭 매니저가 아가씨들에게 줄 선물을 미리 사서 오면 좋겠다고 귀띔을 해주었기 때문이었다. 재수는 내심 짜증이 솟구쳤다. 맞선을 보기 위해서 이것저것 갖춰야 할 게 많았는데 여자들 비위까지 맞춰야 하다니.
 국제결혼 맞선 여행을 신청하려면 연봉이나 재산이 일정 금액 이상이어야 한다. 지병이나 전과나 이혼 전력이 있어서도 안 된다. 나이도 너무 많아선 안 된다. 돈 없고 늙은 농촌 총각들이 국제결혼을 한다는 건 옛말이었다.
 첫 번째 맞선녀는 스타벅스에서 재수를 보자가자 제일 먼저, 부모님과 함께 사는지 물었다. 한국으로 시집간 친언니가 있는데 시부모님과 함께 살고 있다고 했다. 시집살이가 말도 안 되게 고되다고 매일 밤 베트남으로 전화를 걸어 운다고 했다.

"이 아가씨 언니네가 재수 씨 집 근처라네요. 언니네 가까이 이사 가서 서로 힘 돼주며 살고 싶다네요."

언니가 가까이 살면 동생 부부네 일에 사사건건 참견할 게 뻔했다. 그리고 갑자기 여동생과 소식이 끊긴다면 그 언니라는 사람은 가만히 있지 않을 것이었다. 재수의 미간이 찌푸려졌다.

"아아, 그렇군요."

재수는 건성으로 고개를 주억거렸다.

"다른 아가씨도 보고 싶네요."

박 매니저 귀에 대고 재수가 속삭였다. 눈치를 살피던 박 매니저가 알겠다는 듯이 고개를 주억거렸다.

"그럼요, 그럼요. 많이 만나봐야죠. 그래야 좋은 아내를 고르죠."

박 매니저의 말투가 재수의 귀에 거슬렸다. 마치 좋은 상품을 고르려면 요리조리 잘 살펴봐야 한다는 뉘앙스였다. 자신이 베트남 여성들을 상품화해서 보고 있다는 뜻 같았다. 정곡을 찔린 것 같아 재수는, 기분이 상했다. 하지만 나중을 위해서라도 평범한 인상을 남겨야 했기 때문에 한 마디 할까 하던 것도 참았다.

장소를 한인 식당으로 옮겨서 두 번째 맞선녀를 만났다. 재수 쪽에서 잡은 장소가 아니었다. 베트남에 왔으니 베트남 음식을 먹어도 될 텐데 여자 쪽에서 굳이 한인 식당으로 고른 것이었다. 저를 위한 배려인지 이 가게 음식이 비싸서인지 재수는 알 수가 없었다.

두 번째 여자는 말랐다 싶을 정도로 날씬했는데 얼굴은 예뻤다. 화장이 짙었고 차림새는 세련되었다.

"젊고 잘생겼는데 왜 아직도 장가를 못 갔어요? 무슨 문제라도 있는 거 아니에요?"

한국인이라고 해도 무색할 정도로 한국말을 능숙하게 구사하는 여자였다. 매니저가 필요 없을 정도였다.

"저 잠시…."

조용히 앉아 있기 무안했던지 박 매니저가 쭈뼛거리며 자리를 비켜주었다.

"재수 씨, 전 요 앞에서 간단하게 요기하고 올게요."

"네, 그러세요."

박 매니저가 식당 밖으로 나가자 여자는 혼자서 뭐라고 베트남어로 중얼거렸다. 표정과 말투를 보니 썩 좋은 말은 아닌 듯했다.

"카페 사장님 맞아요?"

묘하게 쌀쌀맞은 말투를 사용하는 여자는 다시 한국말로 재수를 다그치기 시작했다.

"네, 맞습니다."

재수는 변변한 직장도 없이 빌빌거리다가 재작년 화재 사고로 돌아가신 부모님께 물려받은 조금의 유산과 보험금으로 동네에 자그마한 카페를 차렸다. 모든 게 외국인 아내를 얻기 위함이었다.

"아파트도 있고요?"

"네."

준공된 지 삼십 년도 더 된 연립 아파트였다. 그리고 부모님이 화재로 돌아가신 바로 그 집이었다.

알츠하이머에 걸린 아버지가 전기스토브에 휴지와 쓰레기를 버리는 바람에 불이 났다. 마침 만취해 자고 있던 새어머니는 이걸 막을 수 없었고 화재 발생 십오 분 만에 119 소방대원이 도착했다. 화재는 금방 진압됐지만, 두 분은 연기 흡입으로 사망했다. 처음엔 방화범으로 재수가 경찰로부터 의심받았었다. 새어머니의 몸에서 다량의 수면제 성분이 나왔기 때문이었다. 만약에 부모님이 거액의 생명보험에 가입되어 있었다면 사건은 쉽게 종결되지 않았을 것이다.

화재보험에서 나온 몇 푼 안 되는 보상금과 아파트 대출금까지 털어 넣은 카페는 코로나에 직격탄을 맞았고 월세도 못 맞춰 보증금을 까먹고 있는 실정이었지만, 재수는 걱정하지 않았다. 일이 년만 참으면 90억이 들어올 테니까.

"근데 왜 장가를 못 갔습니까? 나이도 서른 아닙니까?"

국제결혼 맞선 여행에 참여하기 위해서 자영업자인 재수는 통장에 현금 오천만 원을 넣어둬야 했다.

"스물셋인가? 그때부터 결심했어요. 한국 여자 말고 외국 여자하고 살고 싶다고요."

"아니, 왜요?"

당연히 90억 때문이지, 재수는 속으로 대답을 삼켰다.

"한국 여자들은 남자 조건만 따지고 막상 결혼하고 나면 부려먹으려고만 하죠. 아, 근데 이름이?"

그러고 보니 여자의 질문에 답하느라 재수는 여자의 이름도 물어보지 못했다.

"안, 응우옌 안."

"예쁜 이름이네요."

재수가 건성으로 뱉은 말인데 여자는 눈웃음을 치며 말꼬리를 잡고 늘어졌다.

"베트남에서 안이란 이름 많아요. 여자 이름 중에 제일 많은 이름. 아, 맞다. 안은 남자 이름도 돼요. 그래서 여기저기 더 많아요."

여자는 제 이름이 흔한 게 불만인지 젓가락으로 불고기 전골을 휘적거렸다. 식욕이 확 달아난 재수는 쇼핑백을 내밀었다.

"이게 뭡니까?"

화장품 선물 꾸러미를 받아들 때까지만 해도 좋아하던 여자가 쇼핑백 안을 들여다보더니 금세 마뜩잖은 표정을 지었다.

"이런 건 한류 처음 접하는 애들이나 좋아하죠."

화장품 세트를 밀어내고 명품 향수만 챙기는 여자에게 더는 실망할 것도 없어서 박 매니저가 돌아올 때까지 재수는 입을 다물어 버렸다. 여자도 한국말로 열심히 지껄여대다가 재수 쪽에서 아무런 대꾸도 해주지 않자 입을 다물어버렸다.

세 번째 맞선은 공원에서였다. 아가씨를 만나기도 전에 진이 다 빠져버린 재수는 나머지 맞선을 포기하고 한국으로 돌아갈까 고민했다. 하지만 맞선 여행 경비와 여기서 올릴 예식비와 처가에 줄 지참금까지 모두 빚으로 마련했기 때문에 그만둘 수가 없었다.

공원 가운데에 커다란 인공 못이 있었다. 물은 녹색이었고 탁했다. 흙내와 비린내가 후텁지근한 바람결에 불어왔다.

왜 하필 이때 어린 재수를 버리고 도망갔던 친모 생각이 떠오르는 건지 모르겠다.

수십 마리의 잡어들이 거실 바닥 위에서 아가미를 벌렁거리며 죽어가고 있었다. 동그랗게 뜬 눈들, 벌렁거리는 아가미들, 간헐적으로 바닥을 내리치는 꼬리지느러미들. 그 가운데에 아버지가 다리를 쩍 벌리고 서서 허리춤에 양손을 얹은 채로 씩씩대고 있었다.

"감히 내 얼굴에 똥칠을 해?"

아버지는 성큼성큼 걸어와 부엌에 서 있던 엄마의 머리끄덩이를 거머쥐었다. 그러고선 엄마를 잡어들 사이에 내동댕이쳤다.

그날은 온 가족이 아버지 친구네와 함께 시골 저수지에서 같이 낚시를 즐기고 온 날이었다.

햇볕이 너무 따가웠다. 더위를 식히기 위해 들어가려고 했던 저수지 안에는 거머리가 득실댔다. 물고기도 잘 낚이지 않았다. 더위와 무료함에 지친 엄마와 재수는 집으로 먼저 돌아왔다. 재수네 모자만 그런 게 아니었다. 아버지 친구네 식구들도 더위를 먹어서 재수네와 함께 집으로 돌아갔다. 그 저수지에는 아버지들만 남았다.

어떻게 집까지 왔는지 어린 재수는 기억나지 않았다. 어쩌면 차 안에서 깜빡 잠들었기 때문일 수도 있었다. 그렇게 집에 돌아와 부엌에서 엄마가 건네준 콜라를 한 컵 들이켰을 때였다. 가슴을 파고드는 알싸한 통증을 느낄 새도 없었다.

현관문이 벌컥 열리더니 아버지가 돌아왔다. 그 모습을 본 재수는 어떻게 엄마와 자신보다 늦게 출발한 아버지가 비슷하게 집에 도착할 수 있었을까 의아했다.

"내가 번 돈으로 밥 먹고 사는 주제에 감히 날 무시해?"

흠씬 두들겨 맞은 엄마는 다음 날 집을 나가서 두 번 다시 돌아오지 않았다. 엄마가 집을 나갔다는 건 어디까지나 아버지의 말일 뿐이었다. 아버지는 엄마를 찾으러 다니지 않았다. 경찰에 신고하지도 않았다. 그저 어제 낚시했던 그 저수지에 다시 낚시하러 간다고 했다. 수십 마리의 잡어들을 미끼로 쓰겠다며 검정 비닐봉지 여러 개에 나눠 담아갔었다.

그 뒤로 재수는 종종 악몽을 꿨다.

저수지를 수영하는 꿈이었다. 그러다 물속에 붙들려 있는 여자를 만났다. 부릅뜬 백안, 커다랗게 벌린 입, 치켜들고 있는 두 손, 생의 마지막 절규가 고스란히 박제되어 있는 여자가 등장하는 꿈이었다.

재수가 아는 여자다. 진짜 아는 여자인지는 모르지만, 꿈속에서만큼은 아는 여자라고 생각했다. 그리고 어쩐지 자신과 닮았다고 느꼈다. 집 나간 엄마일까, 하는 무서운 생각이 드는 순간 잠에서 깨곤 했다.

몇 년 뒤에 재수는 새어머니와 함께 살게 되었다. 이것도 자세한 사정은 기억나지 않는다. 어느 순간 보니까 새어머니가 집에 들어와 살고 있었다.

오토바이 배기음이 잡생각에 빠져 있던 재수를 깨웠다. 정신을 차리고 돌아보자 오토바이에서 청바지에 티셔츠 차림의 긴 생머리 여성이 내렸다. 재수와 같이 벤치에 앉아 있던 박 매니저가 자리에서 일어났다.

여자는 첫눈에 재수를 사로잡았다. 베트남인 같지 않고 한국인처럼 생겼기 때문이었다. 예쁜데 수수한 얼굴 생김새가 어디서 많이 본 얼굴이었다. 물속의 여자와도 닮았고 집 나간 엄마와도 닮았다.

4

 안이 맞선 자리에서 라이따이한이라고 말하지 않은 건 베트남에선 그런 말을 하지 않아도 다들 라이따이한인 걸 알기 때문이다.
 맞선 자리로 출발하기 전 안은 매니저 박에게서 전화를 받았다. 이상하게 이번 맞선남은 한국말을 못하는 여자를 찾는 것 같다고…. 그 말에 안은 코웃음 쳤다. 라이따이한이라고 해서 한국말을 잘하리라 생각하는 건 한국인의 선입견이다.
 한국인 아버지들은 대부분 베트남 엄마와 라이따이한 아이들을 두고 자기네 나라로 돌아간다. 라이따이한들은 비싼 등록금을 주고 어학원에서 배우지 않는 한 한국어를 배울 데가 없는 것이다.
 안의 아버지도 베트남과 한국이 새로 수교를 맺게 된 삼십 년 전에 한국 굴지의 건설 회사에서 베트남 현지로 파견되어 몇 년 살다가 한국으로 돌아갔다. 사진과 쪽지 한 장만 달랑 남기고. 몇 년 전에 어머니가 숨을 거두면서 작은 상자를 안에게 건네주었다.

상자 속에는 아버지의 사진과 쪽지, 그리고 사원증이 들어 있었다.
커다란 알로카시아 잎사귀 그늘 속에 서서 어딘가를 뚫어지게 바라보고 있는 사진 속 아버지는 서 있지만 쉼 없이 흔들리는 것처럼 보였다. 사진 뒷장에는 어머니가 쓴 게 분명한, 삐뚤빼뚤한 한글이 적혀 있었다.
이상우.
아버지의 이름이었다. 그 옆에 어머니의 이름과 안의 이름도 적혀 있었다. 이름들 사이에 그려진 하트 표시가 긴 세월을 견디지 못하고 눈물 자국처럼 번져 있었다. 오랫동안 그리워했던 어머니의 마음을 알기에 안은 아버지를 미워하지 않았다.
아버지의 나라를 조금이라도 많이 이해하고 싶은 마음에 한국어를 배우게 되었다. 낮에 아르바이트를 해서 번 돈으로 밤에 한국어 학원을 다녔다. 서툴지만 한국어를 조금씩 읽기 시작하면서 안은, 아버지가 남긴 쪽지의 의미를 알게 되었다. 한국에 오면 적혀 있는 주소를 보고 찾아오라며 아버지가 남긴 쪽지였다.

대한민국 선비도 사정시 야동 몬보면 성내리, 69-18.

기가 막혔다. 어머니는 죽을 때까지 이 쪽지에 적힌 저질스러운 조롱이 자신을 향한 아버지의 순정인 줄 알았는데. 고되고 지질한 미혼모의 삶을 버티게 해준 마지막 희망이었는데.
안은 분노했다. 안과 어머니의 존재는 아버지에게 있어 쓰고 나서 쓰레기통에 버린 콘돔이나 다름없었다. 그저 조롱거리였던 것이다.

아버지를 찾고 싶었다. 찾아서 자신과 닮은 그 면상에다 대고 침을 뱉고 뺨을 때리고 싶었다.

곧바로 아버지 찾기 사이트에 가입했다. 베트남과 한국에 있는 활동가들의 도움으로 이상우라는 남자를 찾을 수 있었다. 하지만 아버지 찾기 사이트에서 알려줄 수 있는 건 거기까지가 한계였다. 서울에 거주하고 있다는 것만 빼고는 알아낼 수 없었다.

그래서 안은 몇 년 전부터 한국 주물공장에서 일하고 있다는 먼 친척 오빠에게 연락을 취했다. 아버지가 지금 어디에서 무엇을 하며 살고 있는지 알아봐 주는 대가로 아버지의 사진과 함께 제법 큰 돈을 넣어 부쳤다.

몇 달 뒤에야 얄팍한 서류 봉투 하나가 안 앞에 도착했다. 봉투에는 신문 기사를 스크랩한 것도 실려 있었다. 자신과 무척이나 닮았지만, 살집이 붙어서 다르게도 보이는 그런 얼굴을 한 초로의 남자가 신문에 실려 있었다. 경제 신문이었다. 아버지는 제법 큰 회사에서 중요한 직책을 맡고 있는 모양이었다.

안은 좀 더 자세한 정보를 원한다고 먼 친척 오빠에게 전화를 걸었다. 조사하는 데에 돈이 더 필요하다기에 엄마의 유품인 금붙이들까지 팔아서 한국에 돈을 부쳤다. 그랬는데 친척 오빠가 잠적해버린 것이었다.

친척 오빠네에 찾아갔더니 친척들은 오히려 안을 내치면서 때리기까지 했다. 라이따이한 주제에 어딜 감히 찾아온 거냐면서. 베트남 전쟁 때의 한국 군인들 욕을 하면서 말이었다. 나이 많은 노인 중에는 1세대 라이따이한과 2세대 라이따이한을 구분하지 못하는 사람들이 많다. 아직도 베트남 내에서는 제 부모와 형제와 자식을 죽인 '적대적인 군인'의 핏줄로 차별과 천대받고 있는 게 라이따이한이다.

이제 안이 한국에 갈 수 있는 방법은 국제결혼밖에 없었다. 몇 달 동안 아르바이트한 돈을 모아 매니저 박을 매수했다. 맞선남이 싫어할 만한 여자들을 맞선 자리에 내보내고 안 자신과의 매칭률을 높였다.

"근데 이 자식 수상해. 한국말 못하는 고아를 구하더라고. 그런 베트남 여자를 데려다가 무슨 짓을 하려고."

수화기 건너의 매니저 박이 씩씩거렸다. 안은 오히려 잘된 일이라고 생각했다. 자신의 복수심에 이용당할 남편에게 조금은 덜 미안할 것 같아서였다.

5

저녁 어스름이 노을을 잡아먹고 있었다. 차 앞 유리창에 드리운 하늘에 핏빛 선혈이 낭자했다.

굳이 룸미러로 확인해보지 않아도 상우는 알 수 있었다. 끓어오르는 살의로 지금 자신의 얼굴도 붉게 물들어 있다는 것을.

햇빛 가리개를 내리는 손길이 거칠었다. 핸들을 꺾자 낡은 아파트 단지 입구가 나타났다.

붉은 노을 아래 드러난 6층짜리 연립 아파트는 길거리로 내어놓은 평상에 앉아 한껏 햇볕을 머금으려는 노인 같았다. 칠이 벗겨진 외벽엔 커다랗게 거미줄이 쳐져 있었다. 창마다 녹슬고 휘어진 방범 창살이 다닥다닥 붙어 있었다. 어느 집에선가 숨넘어갈 듯 자지러지는 아기 울음소리가 그칠 줄 모르고 터져나왔다.

얼마 전 바로 이곳에서 상우는 뺑소니를 당했었다. 아파트 단지 안을 한 바퀴 둘러보고 나왔더니 주차해놓은 차 범퍼가 그새 찌그러져 있었다.

뒷산 후문 쪽 쓰레기 분리 수거장 옆에 있는 창고가 경비실이었다. 상우는 잘 열리지도 않는 양철 문을 열고 고개만 비죽 들이밀었다. 흑갈색 소파에 드러누워 있던 경비가 일어났다.

"누가 제 차를 치고 달아났습니다."

"지금 휴식 시간인 거 안 보이오?"

경비는 상우를 위아래로 훑어보았다.

"이 아파트 주민 아닌 것 같은데…."

상우는 헛기침을 몇 번 한 후 대답했다.

"이 근처에 볼일 보러 왔다가 잠시 댔습니다. CCTV 좀 보여주시죠. 경찰 부르기 전에."

상우가 차를 댄 자리는 운 나쁘게도 CCTV 사각지대였다. 게다가 주차장 출입구 쪽 CCTV는 노후화되어 자동차 번호를 식별할 수조차 없을 정도였다.

그때 상우의 마음속 시소가 움직이기 시작했다.

죽일까? 살릴까?

협박은 몇 달 전부터 시작되었다. 회사 앞에서 마주쳤던 놈을 집 앞에서도, 실내 골프장 앞에서도, 가족들과 외식하러 나온 고급 한정식집 앞에서도 마주치자 놈이 자신을 미행하고 있다는 걸 상우는 깨달았다.

하지만 미행하던 놈이 모르는 사실이 있었다. 고졸 출신 상우가 오너의 딸과 결혼해 차기 후계자의 위치에 이르기까지 하루하루 전쟁같이 살아왔다는 것을.

미행을 알아차린 상우는 차를 대고 가게 안으로 들어갔다가 뒷문으로 빠져나와 오히려 놈의 뒤통수를 쳤다.

"뭐 하는 자식이야?"

상우는 놈의 팔을 꺾어 벽에다가 얼굴을 처박았다.

"이거, 놧! 강간범 색히야!"

가무잡잡한 피부, 큰 두 눈, 툭 튀어나온 광대, 큰 입, 벽에 짓이겨진 얼굴이 동남아인 특유의 특징을 갖고 있었다. 상우는 왼팔로 꺾은 팔을 붙잡고선 오른팔로 놈의 몸 여기저기를 더듬었다. 회색 작업복 호주머니에서 사진 한 장이 나왔다. 그걸 본 순간, 상우의 두 손에서 힘이 스르륵 빠져나갔다. 그 틈을 타 놈은 도망가 버렸다.

사진 속에는 몇십 년 전의 젊은 상우가 찍혀 있었다. 바나나 나뭇잎같이 커다란 잎사귀 그늘 아래 병약하게 서 있는 자신의 모습을 보자 잊었던 기억이 떠올랐다. 사진 뒷장에는 이상우라는 서툰 한글 글씨가 적혀 있었다. 'Thy' 'Anh'이라는 베트남 이름도 적혀 있었다. 티(thy)는 삼십여 년 전 베트남에서 잠시 만나 즐겼던 클럽 아가씨의 이름이었다. 상우는 세 개의 이름 사이에 그려진 검은 색 하트 표를 응시했다. 그러자 티에게 남겨준 쪽지가 생각나 얼굴이 화끈 달아올랐다. 상우와 티 사이에 낳은 자식이 안(Anh)임에 틀림없었다. 설마 그 쪽지를 가지고 친아버지를 찾으러 온 걸까. 방송국이나 언론의 도움을 받고 있는 건 아니겠지. 입에 올리기도 민망한 그 쪽지가 방송을 통해 다른 사람들에게 알려지기라도 하면 상우는 사회적으로 매장당할 게 빤했다. 그 쪽지를 찾아내서 무조건 없애야 한다.

무슨 수를 써서라도.

6

 맞선을 본 이틀 뒤에 재수는 하노이에서 결혼 예식을 올렸다. 붉은 아오자이를 입은 안은 정말 예뻤다. 아오자이가 아주 잘 어울리니 한국으로 올 때 몇 벌 더 챙겨오라며 안에게 돈을 주었다. 아오자이를 입은 안을 보니 좋은 생각이 하나 떠올랐기 때문이다.
 안의 먼 친척들과 이웃들이 와서 축하해주었다.
 하롱베이로 신혼여행도 다녀왔다. 재수는 아내와의 잠자리를 피할 생각이었다. 2세가 생기는 건 바라지 않았다. 여러 가지 문제가 복잡해질 것 같았다. 그런데 많이 피곤했던지 맥주 몇 잔에 뻗어버렸다. 차라리 잘된 일이라고 생각했다.
 5박 6일의 모든 일정을 마치고 재수는 혼자 한국행 비행기에 올랐다. 재수가 먼저 귀국해 신혼집을 꾸미고 안의 결혼비자 문제를 해결하기로 했다. 그동안 안은 한국어 어학원에서 수업을 듣기로 했다. 코로나로 한국어 이수 과정이 축소되어 다행이었다. 안의 한국어 실력이 늘지 않기만을 바랐다.

혼자 한국으로 돌아온 재수는 직접 신혼집을 꾸몄다. 카페 영업 중지 기한을 며칠 더 늘이기로 했다. 시장 안을 돌며 신혼집에 필요한 물건들을 구매했다. 인테리어 업자를 불러 실내를 리모델링하기도 했다. 이부자리와 커튼도 화사한 색으로 바꿨다.

방마다 천장에 가스누출 감지기 모양의 CCTV를 부착했다. 컴퓨터와 스마트폰에 CCTV 앱을 깔아 제대로 작동하는지 확인했다.

빚을 내서 사 온 외국인 아내가 가출했다는 이야기를 종종 들었다. 안이 가출이라도 하면 큰일이었다. 미리미리 방지해야 했다.

리모델링을 했더니 집에 얽힌 불길한 과거가 싹 지워지는 듯했다. 그래도 한밤에 요의를 느끼고 화장실에 간다거나 할 때 섬뜩해지곤 했다. 베트남인 아내는 이 집에서 어떤 느낌을 받을까, 재수는 궁금했다.

안이 인공 못 옆에서 그의 손을 잡아주었을 때의 감촉이 되살아났다. 그때 안은 어떤 느낌을 받았을까. 붙잡은 재수의 두 손이 살인자의 것임을 느꼈을까.

안의 결혼 비자를 받기까지 반년이 걸렸다. 그동안 안의 마음이 바뀌었을까 봐 재수는 전전긍긍했다. 한국어 어학원 등록금도 내주고 다달이 용돈도 부쳐주었다.

빚이 점점 불어나고 있었다. 그럴수록 재수의 마음은 더욱 초조해졌다.

드디어 아름다운 베트남인 아내가 한국에 들어오는 날, 재수는 공항까지 마중 나가 안을 차에 태웠다.

"지금 우리, 집에 가는 겁니까?"

안의 한국어 실력에 재수는 깜짝 놀랐다. 한국어 수행능력 평가 시험을 통과해야 결혼 비자가 나오는 거였지만 늘어도 너무 많이 늘었다. 역시 똑똑한 게 단점이었다.

"와인 뭐 좋아해요? 화이트? 레드?"

재수는 룸미러로 안의 얼굴을 살폈다.

"비아허이 아이스?"

안이 손으로 컵 모양을 만들어 입으로 들이키는 시늉을 했다. 비아허이는 베트남 생맥주다. 베트남인들은 이 비아허이에 얼음을 넣어 즐겨 마신다고 지난번 여행 때 박 매니저가 가르쳐주었다.

집 냉장고에 한국에서의 첫날밤을 위해 준비한 고가의 화이트 와인이 들어 있었다. 그런데 여기서 구할 수도 없는 베트남 맥주를 찾으면 어쩌란 거지? 물 탄 맥주라니. 이건 와인도 맥주도 그리고 남편인 자신도 무시하는 처사 아닌가?

재수는 더 이상 여기에 대해서 생각하지 않기로 했다. 안의 태도는 차차 고쳐나가면 된다고 속으로 스스로를 달랬다. 어차피 일 년 뒤엔 죽을 불쌍하고 아름다운 외국인 아내 아닌가.

낡은 연립 아파트 주차장에 차를 댔다. 안은 차에서 내려 6층짜리 연립 아파트를 올려다보았다. 상상했던 것과 달라서 실망한 눈치였다. 안은 얕은 한숨을 내쉬었다. 한국 드라마를 보며 어디서 지낼지 꿈에 부풀었을 터였다. 장밋빛으로 부풀었던 마음이 낡고 초라한 아파트로 인해 사그라들어 버렸을 것이다.

"저래 보여도 리모델링 해서 집 안은 새집 같을 거예요."

안은 재수의 말을 거의 못 알아듣는 눈치였다. 주먹으로 한 대

얻어맞은 듯한 안의 얼굴을 못 본 체하며 재수는 가방을 들고 성큼성큼 중앙 출입문 안으로 들어갔다. 얼른 집 안을 보여주고 싶었다. 그러면 속아서 결혼했다는 마음이 조금은 누그러들지 않을까.

그때 승강기 문이 닫히려고 했다. 재수는 얼른 문틈에 손을 집어넣어 승강기를 붙잡았다.

"빨리 와요."

문 열림 버튼을 누르면서 재수는 안을 재촉했다. 시야 가장자리에 시꺼먼 뭔가가 어른거려서 쳐다봤다가 흠칫 놀랐다.

6층 여자였다. 남편이 바람나서 이혼하고 친정집에 돌아온, 늙고 뚱뚱하고 병든 이혼녀. 동네 슈퍼에서 아줌마들이 6층 여자를 헐뜯는 걸 들어서 알게 된 정보였다.

안이 승강기에 오르면서 6층 여자한테 해맑게 웃으며 인사했다.

"안녕하세요. 전 안입니다."

재수는 그녀가 동네 사람들에게 싹싹하고 밝고 예쁜 새댁으로 기억되는 게 싫었다. 그래서 저도 모르게 안을 돌려세우는 손길이 사나워졌다.

그런데 승강기 문이 닫히지 않았다.

"아저씨가 열림 버튼을 하도 눌러대서 고장이 났네요."

6층 여자가 투덜거렸다.

재수는 못 들은 척 한 손에는 여행 가방을 끌고 다른 손으론 안의 손목을 붙잡고 승강기에서 내렸다.

"사과 안 해요?"

6층 여자가 따라 나오면서 따졌다. 재수는 6층 여자를 사납게 노려보았다.

"아저씨, 인생 그렇게 살지 마!"

도대체 이 여자는 언제 봤다고 이러는 거야? 속으로 소릴 지르며 재수는 안의 표정을 살폈다. 6층 여자의 말을 제대로 못 알아들은 표정이었다.

그러고는 다시 마음을 누그러뜨렸다. 평판이 나빠지면 손해 볼 사람은 자신이니까.

"죄송합니다. 그런데 승강기가 낡아서 그런 거니 이해해주세요."

이렇게 못생기고 뚱뚱하고 늙은 여자를 아내랍시고 한때라도 잠시 품에 안았을 당신 남편이 불쌍하다고, 그러니 다른 여자와 바람이 났던 거라고 재수는 속으로 악담을 퍼부었다. 하지만 겉으로는 표를 내지 않았다. 눈에 뜨여서 좋을 게 하나 없기 때문이다. 재수가 정중하게 사과해서 그런지 6층 여자는 따라 올라오지 않고 승강기 앞에 서서, 계단으로 올라가는 재수와 안을 노려보고 있었다.

"집 새로 만들었습니까?"

리모델링한 집 안을 보자마자 안의 얼굴이 환해졌다.

재수는 여행 가방을 중문 앞에 놓고 안의 손을 소파 쪽으로 끌었다. 거실 테이블 위에는 장미꽃 한 다발과 국내 유명 대학교의 팸플릿과 입학 지원서가 놓여 있었다. 안은 그걸 보자마자 감동 받았는지 울먹이기까지 했다.

"지금 얼른 원서를 넣어야 내년에 학교를 가죠. 자, 여기하고, 여기하고 여기에 서명해요."

재수는 안을 위해 서명해야 할 칸을 일일이 손가락으로 짚어주었다.

"고맙습니다."

"나중에 서류 접수 잘 됐다고 집으로 전화 오면 나 바꿔줘요. 알겠죠?"

그리고 며칠 뒤에 안내 사항을 모두 고지받았냐는 접수원의 전화가 걸려왔다. 재수가 듣고 대답할 때에만 안에게 송수화기를 넘기는 식으로 확인 전화를 무사히 통과했다.

그 뒤로도 안은 입학 원서를 몇 개 더 썼다. 덕분에 재수는 아내 앞으로 서너 개의 생명보험을 더 넣을 수 있었다. 이제 재수에겐 일 년 남짓의 행복한 신혼 생활이 주어졌다. 세상 그 어떤 부부보다 금실 좋게 지내면 된다.

주말이면 극장엘 가고 외식을 하며 데이트를 했다. 매일 집안일을 도왔고 안이 원하지 않아 잠자리도 갖지 않았다.

그러는 틈틈이 재수는 어떻게 하면 아내를 사고사로 꾸며서 죽일 수 있을까 고민했다. 사고사의 정의에 대해 찾아보았다.

사고사란 추락, 충돌, 익사 등의 사고, 또는 재해에 의해 사망한 경우를 말한다.

추락이라….

고장 난 승강기가 1층에 있을 때 5층 승강기 문을 개방하고 뒤에서 밀어버릴까? 밀면 아래로 떨어질 정도로 승강기 통로 앞까지 안이 다가가 서 있도록 하는 게 관건이었다.

좋은 생각이 났다. 종종 이벤트를 벌이는 거다. 안의 두 눈을 가리고 현관 밖으로 데리고 나가 깜짝 선물을 주는 식으로 말이다.

그렇게 하면 D-day에도 안은 의심하지 않고 선선히 따라 나올 것이다.

문제는 우연성에 있다. 재수가 모든 상황을 통제할 수 없다는 게 가장 큰 단점이다. 승강기가 언제 고장 날지 어떻게 알겠는가. 이웃에게 목격당할 수도 있다. 특히 오지랖 넓은 6층 여자가 가장 마음에 걸렸다. 이 방법은 일단 보류하기로 했다.

다음은 충돌.

안을 조수석에 태우고 안전띠를 채우지 않은 상태에서 시골 교각을 들이받는 건 어떨까. 아니면 갓길에 세워둔 덤프트럭을 들이받거나.

문제는 확실히 죽는다는 보장이 없다는 거다.

인터넷에 비슷한 사건들을 찾아보았다. 90억 외국인 아내 살인 사건 외에도 이런 짓을 벌인 남편들이 꽤 있었다.

운전자인 남편이 교각을 들이받아 조수석에 앉아 있던 아내만 사망한 사건이 있었다. 경찰이 차량 내 블랙박스를 살펴보고선 수상한 점을 찾아냈다고 한다. 차가 교각을 들이받는 순간 아내는 비명을 질렀지만, 남편은 입을 꾹 다물고 있었던 점이었다.

충돌 사고로 아내를 살해한 남편이 이렇게 많은지 몰랐다. 이제는 교통사고로 아내가 사망했다고 하면 남편을 범인으로 몰아도 될 정도였다. 재수는 여기에 숟가락을 얹을 순 없겠다고 생각했다.

익사.

베트남인인 안은 왠지 수영을 잘할 것 같았다. 어쩌면 계곡에서 떠미는 것 정도론 죽일 수 없을지도 몰랐다. 그럼 술을 먹이는 건 어떨까. 안은 와인 몇 잔에도 어지러워할 정도로 주량이 세지 않았다. 억지로 술을 먹이기는 힘들 테니 맛있는 칵테일을 만들어 먹이면 되지 않을까.

  그때 갑자기 인터넷이 끊겼다. 재수는 컴퓨터로 게임만 할 줄 알지 다른 건 아무것도 할 줄 몰랐다. 컴퓨터를 재부팅했더니 인터넷이 다시 연결되었다. 굳이 기사를 부르지 않아도 되어서 다행이라고 생각했다.

7

안은 모르는 척 재수가 하는 대로 내버려 뒀다. 보험회사에서 본인인증을 받기 위해서라도 재수가 자신에게 스마트폰을 사줘야 했으니까. 베트남은 아직 그 정도까진 아닌데 한국은 스마트폰 없인 아무것도 할 수 없는 사회다.

재수가 맛있는 걸 사주겠다며 안을 끌고 동네 횟집엘 데리고 간 날이었다.

안은 가게 입구에 잠시 멈춰 서서 수조 속에서 유유히 헤엄치고 있는 물고기들을 쳐다보았다.

재빠르게 움직이는 물고기들 사이로 광어 한 마리가 비칠대고 있어 눈에 띄었다. 광어는 자꾸만 한쪽으로 기울어졌다. 쏠리는 몸을 바로 잡으려고 조금씩 헤엄쳐 나아가는 걸 자세히 보니 상처가 많았다. 건강한 물고기들이 상처 부위를 슬쩍슬쩍 물어뜯고 지나갔다. 그런데도 놈은 재빠르게 피해 다니지 못했다. 그저 가라앉지 않으려고 애쓸 뿐이었다.

안은 무심결에 바짝 다가가 손을 뻗었다. 차가운 수조를 짚은 손가락 사이로 느릿느릿 지느러미를 움직이고 있는 광어의 눈이 보였다.

한 평 남짓한 수조 안에서 광어가 도망칠 곳은 없다. 이제 남을 물어뜯든지 남에게 물어뜯기든지 둘 중 하나를 선택해야 한다.

그때 누군가 안의 팔을 잡아당겼다. 깜짝 놀라 뒤돌아본 안은 웃고 있는 남편과 눈이 마주쳤다. 등골이 서늘했다.

희고 얇고 커다란 비닐이 깔린 좌식 식탁 자리에 안과 재수는 마주 보고 앉았다. 화장실 쪽 뒷문이 열렸고 뚱뚱한 남자가 입에 문 담배를 밖으로 튕겨내며 가게 안으로 들어왔다.

"어이, 잿쑤!"

웃다가 안을 발견하고선 뚱보의 눈이 커다래졌다.

"아이고, 이번에 베트남에서 데리고 왔다는 재수 씨 제수씨입니까?"

그러더니 뭐가 그렇게 재밌는지 뚱보는 혼자서 킬킬거렸다. 그때 주방에서 작고 마르고 볼품없는 필리핀 여자가 광어회 접시를 테이블 위에 내려놓고 갔다. 언뜻 여자의 치맛자락에서 서늘한 피비린내가 풍겨왔다.

접시 위에 드러누운 광어는 아직 죽지 않고 아가미를 벌렁대고 있었다. 수조에서 봤던 상처투성이 광어가 떠올랐다. 속이 너무 불편했다. 안은 입을 막고 얼른 실내화를 꿰어신고서 뒷문으로 뛰쳐나갔다.

뒷마당에서 속엣것을 토해내고 있는데 뚱보의 목소리가 밖에까지 새어나왔다.

"어이, 잿쑤! 혹시 벌써 2세 생긴 거 아냐?"

"에이, 형님. 아닙니다. 아니에요. 오늘 귀국한 걸요."

"그래, 그러지 마. 여자들 임신하는 순간, 말도 마라. 몸매 다 망가져, 성질 사나워져. 그걸로도 모자라 남편 무시하고 제 새끼만 오냐오냐. 돈 주고 사 왔는데 일 년도 안 돼서 둣쓰게 되면 안 되잖아."

"그렇죠."

외국인 아내를 남편이 어떻게 생각하고 있는지 알게 된 안은 씁쓸했다. 아버지에 대한 복수심으로 결혼을 강행한 자신이나 음험한 꿍꿍이를 가진 남편이나 뭐가 다를 게 있을까.

횟집을 나오고 나서 재수는 안에게 새 스마트폰을 선물해주었다.

안은 몇 주 뒤 보험회사에 따로 전화를 걸어 제 앞으로 계약한 생명보험들을 확인했다. 어마어마했다. 재해나 사고로 사망했을 때 재수가 챙겨갈 수 있는 돈은 50억이 넘었다. 다행이라면 안에게 아직 일 년에서 이 년 정도의 유예 기한이 남아 있다는 것이었다. 보험의 효력이 발생하려면 적어도 일 년 반은 지나야 했기 때문이었다. 일 년 반 안에 아버지를 찾아야 한다.

8

　재수는 스마트폰 앱을 열어 CCTV에 찍힌 화면들을 되감아 보았다. 불과 몇 분 전에 파우더 룸과 샤워실로 들어가는 자신의 모습이 찍혀 있었다. 정수리 부근이 벌써부터 성글었다.
　조금 더 화면을 앞으로 되감자 재수는 뒷걸음질 쳐서 나가고, 안이 파우더 룸 안으로 들어왔다. 되감기 버튼을 누르고 있던 손가락이 이번엔 재생 버튼을 눌렀다. 그러자 파우더 룸 안으로 들어온 안이 가만히 서서 화장대 거울을 들여다보는 장면이 재생되었다.
　재수는 화장대 위에 올려놓았던 압정을 들어서 다시 살펴보았다. 샤워를 마치고 나오는데, 강렬한 통증이 발바닥을 뚫고 머리끝까지 뻗쳤다. 뭔가 싶어 봤더니 발바닥에 압정이 박혀 있었다. 압정을 빼내어 화장대 위에 얹어놓았다. 혹시나 압정이 또 있는 게 아닐까 싶어 발수건을 들어 올렸다. 아니나 다를까 압정 서너 개가 바닥으로 후드득 떨어졌다.

바닥에 떨어진 압정을 집어 들었다. 뾰족한 못 끝에 뭔가가 붙어 있었다. 머리카락인가 싶었는데 아니었다. 새우 수염이었다. 끈적한 점액질이 묻어 있는 압정도 있었다.

재수는 절룩이며 거실로 나왔다. 자극적인 카레 향이 공기 중에 떠다니고 있었다.

"Cari? 씨푸드 카리?"

안이 커다란 냄비를 국자로 휘저으며 말했다.

"이게 어째서 발수건 위에 있는지 알아요?"

재수는 신경질적으로 식탁 위에 압정들을 탁, 소리 나게 내려놓았다. 안은 무슨 소린지 못 알아듣겠다는 듯 말간 두 눈으로 재수를 바라보았다. 안이 소처럼 두 눈을 끔벅거릴 땐 너무 갑갑해서 심장이 구겨지는 것 같았다.

더는 추궁할 수도 없어서 재수는 식탁 의자를 거칠게 빼고서 앉았다.

"우리 드라이브나 갈까요?"

안이 무슨 재료로 만든 건지 알 수 없는 노란색 카레를 식탁 위에 얹어놓았다.

"어디로?"

"강이나 바다?"

"음, 학교에서, 공부하고 싶은데, 연락 안 왔나요?"

"그러게요. 아직 연락이 안 왔네요."

"원래? 오래 걸려요?"

"결혼 비자가 결혼한 지 6개월은 지나야 생기는 거니까 기다려야죠."

안의 말간 두 눈이 재수의 얼굴을 찬찬히 뜯어보고 있었다. 재수는 눈길을 피하며 카레를 한술 떠 입에 넣었다. 참기 힘들 정도로 역한 비린내가 강렬한 향신료 향을 뚫고 올라왔다. 욕지기가 치밀어 올랐다. 입안에 든 것을 접시 위에 그대로 뱉어낼 수밖에 없었다.

"왜 그러십니까? 씨푸드가 상했습니까?"

안은 울상을 지었다.

재수의 아름다운 베트남인 아내의 최대 단점은 요리를 할 줄 모른다는 것이다. 플라시보 효과인지 뭔지는 모르겠지만 이상하게 안이 해주는 음식을 먹고 나면 배가 아팠다.

"또 배가 아야합니까?"

재수는 침실 파우더 룸으로 들어가 비상약품 상자를 꺼냈다. 거기에 평소 먹고 있던 소화제를 꺼냈다. 원형의 작은 플라스틱 통에 들어 있는 소화제였다.

약을 꺼내다가 재수는 소스라치게 놀라며 플라스틱 약통을 떨어뜨렸다. 벌레가 나온 줄 알았기 때문이었다. 알약들이 파우더 룸 바닥 위에 쏟아졌다. 희고 동그랗고 납작한 알약들 사이에 타원형 모양의 흑갈색의 알약이 유독 눈에 뜨였다. 손바닥에 약통을 탁탁, 두드려 속에 든 알약을 꺼내는데 갑자기 속에서 흑갈색의 알약이 튀어나왔다. 재수는 그게 벌레인 줄 착각했던 것이었다.

팔뚝을 문지르던 손을 뻗어 흑갈색의 알약을 집어 들었다. 젤라틴처럼 말랑한 표면에 '속청정'이라고 찍혀 있었다. 화장대 위에 널브러져 있는 약통을 집어 살펴보았다.

"효과 빠른 소화제, 속청정."

온몸에 소름이 돋았다. 그러면 그동안 소화제인 줄 알고 먹은 이 흰 약의 정체는 뭐지?

바닥에 흩뿌려져 있던 흰색 알약도 주워 관찰했다. 한쪽 면에는 분할 선이 있고 다른 쪽 면에는 'S'라고 음각으로 새겨져 있었다. 마침 사진을 찍어서 약 정보를 찾아볼 수 있게 해주는 앱이 있다는 게 떠올랐다. 소화제인 줄 알고 속이 더부룩할 때마다 먹어왔던 약을 스마트폰 카메라로 찍어서 인터넷에 검색했다.

"미친…."

경구피임약이었다. 그러니까 그동안 속이 더부룩할 때마다 재수는 여성용 피임약을 먹었던 것이었다.

재수는 포털사이트 검색창에 '남자가 경구피임약을 먹으면?'이라고 입력해 검색했다. 궁금해서 먹어본 남자들이 제법 있었다. 그들이 공통적으로 말하는 부작용이 있었다.

성욕 감퇴. 발기 부전.

경구피임약은 외국인이더라도 약국에서 쉽기 살 수 있는 약이다. 이건 안이 바꿔치기했다고 생각할 수밖에 없었다. 이 집 안에서 재수의 성욕을 감퇴시키고 싶은 사람은 그녀뿐일 테니까.

재수는 두통약이나 종합감기약 같은 다른 상비약들도 꺼내서 살폈다. 한꺼번에 약통에 들어 있는 것들은 전부 희고 납작한 경구피임약으로 채워져 있었다.

"씨발!"

신경질적으로 약통을 집어 던졌다가 후회하고 재수는 얼른 다시 약을 주워 담았다.

이건 어쩌면 안을 죽이라는 하늘의 계시가 아닐까. 하지만 6개

시소게임 241

월 뒤에 죽일 수 있는데. 아, 아니다. 죽이는 건 6개월 뒤에나 할 수 있지만, 그 전에 조금만 다치게 하는 건 괜찮지 않을까. 이런 나쁜 짓을 두 번 다시 할 수 없도록 혼쭐을 내는 거다.

재수는 얼른 정신을 차리고 파우더 룸을 정리했다.

"약 먹었습니까?"

거실로 나오는 재수에게 앙큼한 년이 시치미를 떼고선 걱정스러운 얼굴로 물었다.

9

6층 여자가 찾아왔다.

"집에 남편 있어? 없지?"

남편이 카페 문을 열려고 나가자마자 찾아온 걸 보면 6층 여자는 그동안 죽 이 집을 관찰하고 있었던 게 분명했다.

"사실은 내가 그쪽 집 와이파이를 쓰고 있어서 말을 안 하려고 했는데."

귀가 먹은 게 아닌데도 6층 여자는 점점 언성을 높이며 말했다.

"너네 남편 완전 쓰레기야."

"알고 있습니다."

"뭐? 알고 있다고?"

6층 여자 말에 의하면 와이파이를 같이 쓰다 보니까 남편의 클라우드에 접속할 수 있게 되었다고 한다.

"그쪽 남편이 그쪽 죽이려고 계획하고 있는 거 알아?"

"네."

"안다고?"

"네."

"근데 그게 다가 아니야."

안이 예상했던 것보다 더 저질스러운 짓들을 남편은 계획하고 있었다. 안과의 잠자리를 CCTV로 찍어서 성착취물 사이트에 올려 돈을 벌겠다는 계획이었다. 안은 분노로 몸을 떨었다. 그래서 안은 남편을 발기 불능으로 만들기 위해 여성호르몬 약을 먹였다. 가끔은 수면제도 먹였다.

한국 결혼 비자관 심사관을 만나러 간다는 핑계를 대고 안은 탐정사무소를 찾았다.

안경 낀 코알라같이 생긴 남자가 사무실을 지키고 있었다. 아버지에 대한 사연과 사진을 가지고 사라져버린 먼 친척 오빠 일까지 모두 말했다. 이제 수중에 남은 증거는 쪽지뿐이었다.

"아버지를 찾아달라고요? 찾아선 뭘 할 건데요? 복수?"

이야기를 다 들은 탐정이 진지하게 물었습니다.

"쪽지를 돌려줄 생각입니다. 여기."

아버지가 근무했던 회사의 베트남 지사 사원증과 쪽지를 테이블 위에 늘어놓았다.

"빨리 찾아야 저도 빨리 베트남으로 떠날 수 있습니다."

남편 곁에서 하루라도 빨리 떠나고 싶은 마음이 컸다.

자료를 넘긴 지 두 달 만에 탐정은 아버지를 찾았다. 아버지는 지금까지 승승장구해 들으면 알 만한 한국 굴지의 건축 회사에서 고위 간부가 되어 있었다. 미스코리아 출신의 아내와 미스코리아

출전을 준비 중인 딸 둘과 함께 살고 있었다.
　안은 작은 보석 상자 하나를 마련했다. 그 상자 안에 아버지의 쪽지 복사본과 친필로 쓴 카드를 넣었다.

　　진심 어린 사과가 없다면 이걸 주고 베트남에서 도망쳤다고 가
　　족과 회사에 전부 까발리겠어.
　　후밍 안.

　우체국으로 가 택배를 보내고 돌아온 날이었다. 안은 CCTV 사각지대에서 남편을 골탕 먹일 일들을 준비했다.
　압정에다 상한 새우를 문지르고 발수건에 뿌려놓기도 했다. 비브리오균에 감염되거나 패혈증에 걸리길 바랐다. 그리고 알로카시아 뿌리를 가져와 카레에 넣었다. 알로카시아 뿌리는, 독성이 있는데 토란처럼 생겼다. 카레에 넣으면 감자인 줄 안다. 많이 먹으면 죽지만 조금만 먹으면 복통을 일으킨다.
　남편이 아껴 마시고 있는 고가의 와인에는 제초제를 집어넣기도 했다. 코르크 마개에 주사기로 주입해서 눈치챌 수 없게 아주 조금만 집어넣었다. 그런 다음 남편이 항상 놓는 방식대로 와인 냉장고 맨 아래 칸에 라벨이 위를 향하게 하여 넣어놓았다.
　남편에게 일어날 일들을 상상해서 그런가, 아랫배가 살살 아파왔다. 생리가 터진 것 같았다. 안은 화장실로 냉큼 달려갔다. 욕실 수납장 안에서 스틱형 생리대인 탐폰을 꺼냈다. 그걸 질 속에 집어넣는데 몸속으로 알싸하고 시원한 무언가가 퍼지는 게 느껴졌다.
　세면대에 찬물을 받아 얼굴을 씻었다. 얼굴을 몇 번 씻는데 갑

자기 눈앞이 흐려지면서 거울 속의 제 얼굴이 흐려졌다. 속도 메스꺼웠다. 절로 다리가 풀리고 무릎이 꺾였다. 안은 쓰러지지 않으려고 세면대를 붙잡았다. 차가운 화장실 바닥에 주저앉았다. 이대로 욕실에서 쓰러진다면 아무도 자신을 돕지 못할 것 같았다. 젖 먹던 힘까지 끌어모아 화장실 밖으로 기어나갔다. 그러고는 파우더룸 천장에 붙어 있는 가스 누출기를 향해 손을 흔들었다.

"살려주세요. 살려주세요."

분명히 말을 내뱉었던 것 같았는데 입술이 들러붙어 떨어지지 않았다. 마음속으로 기도했다. 제발 남편보다 먼저 6층 아줌마가 발견하기를 빌고 또 빌면서 정신을 잃었다.

10

재수는 터져나오려는 웃음을 참을 수가 없었다. 파우더 룸에서 쓰러진 안을 발견했다. 팬티가 엉덩이에 반쯤 걸쳐져 있는 추한 꼴이었다. 재수는 안에게서 탐폰을 제거했다. 옷매무새를 마저 추슬러준 다음 119 구급 대원을 불렀다. 안이 실려 가는 걸 보니까 고소해 죽는 줄 알았다.

탐폰을 메탄올에 아주 살짝 적셔놨는데 안이 그걸 사용한 것이었다. 잘하면 한동안 걸어 다닐 수 없을지도 몰랐다. 눈이라도 멀면 나한테는 더 좋고.

와인 셀러 맨 아래 칸에서 제일 좋아하는 와인을 꺼냈다. 코르크 마개를 따고 와인 잔에 붉은 와인을 따랐다.

아름다운 베트남인 아내가 실명할지도 모른다.

"그대의 아름다운 눈동자에 건배."

재수는 허공에다 잔을 부딪히는 시늉을 한 뒤 와인을 한 모금 삼켰다.

"어?"

맛이 달라졌다. 그새 산화된 것인지 이상한 맛이 났다. 끝에는 소독약 냄새도 나는 것 같았다. 탐폰에 메탄올을 묻히다가 후각이 마비된 건가?

혹시 몰라 한 모금 더 들이켰다. 이번엔 명치 쪽에서 꿈틀하면서 속엣것이 치받아올라 왔다.

그때 누군가 벨을 눌렀다. 재수는 혀로 입안을 훑으며 병을 들어 라벨을 살펴보았다. 평소 좋아하던 그 브랜드가 맞는데···.

다시 벨이 울렸다. 안이 벌써 퇴원한 걸까. 메탄올을 너무 살짝만 묻혔나. 재수는 고개를 갸웃거리며 누군지 물어보지도 않고 현관문을 먼저 열었다.

문이 열리자마자 커다란 방석이 재수의 시야를 덮쳐왔다. 놀란 재수는 손에서 와인 병을 놓쳤다. 원목 바닥에 와인 병이 둔탁한 소리를 내며 떨어졌다.

재수는 뒷걸음질 치면서 얼굴에서 방석을 떼어내려고 했다. 그러자 손과 팔뚝에 날카로운 뭔가가 스쳤다. 뭐지? 고통을 느끼기도 전에 뜨거운 액체가 팔뚝을 타고 흘렀다. 사방에서 쇳내가 훅 일었다. 눈을 아래쪽으로 향하자 바닥에 흩뿌려진 핏방울들이 보였다. 그걸 밟고 재수는 그만 뒤로 벌러덩 넘어지고 말았다. 머리통에 깨질 듯한 통증이 가해지면서 귀가 먹먹해졌다. 육중한 체중이 가슴팍 위에 실리는 게 느껴졌다. 숨도 못 쉬겠고 갈비뼈도 부러질 것같이 아팠다. 재수는 괴한을 밀쳐내고 발로 걷어차려고 했으나 허공에 헛발질만 해댈 뿐이었다.

"안, 안!"

낮고 묵직한 남자 목소리였다.

"쉿, 쉿!"

괴한은 재수를 아내인 안으로 착각하고 있었다.

"미안하다. 나한테도 지켜야 할 가정이 있어."

어떻게 이럴 수 있지? 재수는 남자고 안은 여자인데 어떻게 두 사람을 혼동할 수 있지? 머릿속에 스치는 말이 있었다.

여자 이름 중에 제일 흔한 이름이 안이에요. 아, 맞다. 안은 남자 이름도 돼요. 그래서 여기저기 안이 많아요.

"난 안이 아니야, 아니라고."라고 소리쳤지만 재수의 귀에도 재수의 목소리는 짐승의 울부짖음으로밖에 들리지 않았다.

재수의 옆구리에 날붙이가 들어왔다가 나가는 게 느껴졌다. 그때마다 속에서 뜨거운 것들이 쏟아져 나왔다. 재수는 고통에 눈이 뒤집혔다. 팔다리가 생선처럼 파들거렸다.

감은 두 눈 속에 무서울 정도로 무성한 숲이 나타났다. 그곳에는 생전 처음 보는 잡목들과 이끼와 식물들로 가득했다. 벌거벗은 여자가 숲을 걷고 있었다. 여자 앞에 녹색의 작은 연못이 나타났다. 여자는 한 발, 한 발 힘겹게 연못 속으로 걸어 들어갔다. 아는 여자 같았다. 재수와 닮은 듯도 했다. 엄마 같기도 했고 아내 같기도 했다.

"그렇지!" 하고 재수는 소리를 질렀다. "세상에서 죽는 건 모두 아내들이어야지!" 그러자 어느새 온몸이 더러운 연못 속으로 가라앉고 있었다. 새파랗게 질린 발밑에 수십 개의 검정 비닐봉지들이 머리를 싸맨 채 재수를 올려다보고 있었다. 오늘은 왠지 그 속에서 아버지를 볼 것만 같았다.

11

안은 병실에 누워 천장을 바라보았다. 저번 날에 보았던 그 수조가 떠올랐다. 물어뜯기고 있던 그 물고기는 어떻게 되었을까. 뜯어먹혀서 부연 살점을 길게 달고 다니던 그 물고기가 오히려 더 오래 살아남았을지 모른다. 슬쩍슬쩍 물어뜯고 지나가던 물고기가 먼저 손님의 식탁에 올라갔을지도.

안은 눈을 끔벅였다. 아버지가 그런 선택을 할 줄 알았다고 한다면 자신은 정말 나쁜 사람인 걸까. 안이란 이름은 베트남에서 남자 이름으로도 흔하다. 아버지를 미행하던 친척 오빠가 아버지에게 붙들려 사진까지 빼앗기고 말았다는 말을 전해 들었다. 아버지는 베트남에 버리고 온 자식이 딸이었는지 아들이었는지 기억하지 못했을 것이다.

상자를 받고 놀랐겠지. 베트남에 사생아를 남긴 것도 모자라 그런 쪽지를 줬으니 얼마나 부끄러웠을까. 자신의 가장 저급하고 비열한 모습을 만천하에 공개해야 하니까.

　아버지는 남편을 죽이고 시체를 커다란 냉장고 박스에 담아 밖으로 꺼냈다. 무인텔로 가져가 화장실에서 토막을 냈다. 그러는 도중에 들이닥친 경찰에게 체포되었다. 토막 낸 시체는 바다에 던져 버리거나 산에 묻으려 했을 것이다.

　그런데 아버지가 모르는 사실이 있었다. 남편이 천장에 CCTV를 달아놨던 것을. 그리고 그 CCTV를 6층 여자가 해킹해서 보고 있었던 것을.